KANAPÉ FONTAINE • KANATUUT / DIE JÄGERIN

BIBLIOTHEK QUÉBEC

NATASHA KANAPÉ FONTAINE

Kanatuut

Die Jägerin

Erzählungen

Aus dem Französischen (Québec)
von
Michael von Killisch-Horn

DRAVA

Dieses Buch wurde gefördert durch:

SODEC
Québec

Drava

DRAVA VERLAG • ZALOŽBA DRAVA GMBH
9020 Klagenfurt/Celovec, 8.-Mai-Straße 11
Telefon +43(0)463 50 10 99
office@drava.at
www.drava.at

Lektorat: Sebastian Minkner

ISBN 978-3-99138-041-2

Inhalt

Our sense of self – our notion of who we are, from
whence we came, and wither we are going – is
defined by the tales we tell. We are, in essence,
who we tell ourselves we are.

Unsere Idee von uns selbst – unsere Vorstellung, wer wir sind,
woher wir kommen und wohin wir gehen – wird
definiert von den Geschichten, die wir erzählen.
Wir sind im Grunde die,
von denen wir uns sagen, dass wir sie sind.

Roy Willis, *World Mythology*

In the last days of the fourth world
I wished to make a map for those who would
climb through the hole in the sky.

In den letzten Tagen der vierten Welt
wollte ich eine Karte für jene zeichnen, die
durch das Loch in den Himmel klettern wollen.

Joy Harjo, *A Map to the Next World*

Vorwort

Diese Erzählungen sind inspiriert vom angestammten Territorium der Innu, den Legenden und den traditionellen Märchen meines Volkes. Ich wollte neue Geschichten präsentieren, um unsere heutige Vorstellungswelt zu bevölkern und dazu beizutragen, manche Elemente unserer Legenden, die mir zugänglich waren, zum Leben zu erwecken. Dennoch war es notwendig, bei der Ausarbeitung dieser Erzählungen mit großer Behutsamkeit vorzugehen. Ich muss das erklären.

Mir war stets klar, dass mächtige Naturkräfte das angestammte Territorium bevölkern – und dass unsere Vorfahren täglich mit diesen ihr Überleben und ihr Leben auf diesem Territorium aushandelten. Das ist ein präzises Konzept des Daseins, für das es heute in den Sprachen, die wir benutzen, keine Worte gibt. Folglich finden viele alte Elemente der Kultur der Innu nicht zwangsläufig ihr Echo in den zeitgenössischen philosophischen Konzepten sowie in den Bildern, die wir uns von dieser früheren Lebensweise machen, ja sogar in der Art und Weise, wie wir uns das Übernatürliche erklären. Deswegen glaube ich, dass die Literatur und die Fiktion diese Unmöglichkeit der Übersetzung ausgleichen können. Dafür gibt es die Märchen ja schließlich, nicht wahr?

Da ich Elemente von Gründungserzählungen habe, musste ich auf mein Gedächtnis und meine Kenntnisse zurückgreifen, um nicht ein Prinzip mit einem anderen zu verknüpfen; um nicht zu viele Erzählungen miteinander zu vermischen; um den Wert einer Legende zu respektieren und ihn nicht zu verfälschen. Ich habe präzise Elemente anderer Geschichten aufgegriffen, wenn ich gespürt habe, dass es mir möglich war. Und am Ende habe ich das Ganze mit Träumen verschmolzen, die ich nachts hatte und die meine Vorstellungswelt und meine Wahrnehmung der alltäglichen Welt bevölkern. So hatte ich es in *Nauetakuan*[1] gemacht; hier wollte ich weiter gehen.

Diese Erzählungen schöpfen zugleich direkt aus den *atanukan* – den uralten Legenden – und den vielfältigen Weisen, wie ich mich in der Vergangenheit, dieser Gegenwart und unserer Zukunft sah und sehe. Ich wollte auch unsere Literatur mit neuen, aus unseren Legenden hervorgegangenen Schöpfungen speisen, die dazu beitragen sollen, unsere Geschichte und unsere Sprache weiterzugeben. Diese *atanukan* dienten früher als Unterrichtsmaterial für das Leben der Innu – ich wollte mir die Gegenwart anhand dieser Legenden erzählen, die zu den wichtigsten unserer mündlichen Überlieferungen zählen. Ich wollte also meine Sichtweise der Realität und die Welt des Traums und der Kreation als Künstlerin und Kreative teilen. Es steckt viel von mir darin, aber es steckt auch viel von dem darin, was all diese Personen mich Tag für Tag gelehrt haben. Während ich diese Erzählungen schrieb, besuchten mich aus diesen Erzählungen vertraute Wesen in meinen Träumen; am Tag erhielt ich zum Beispiel Besuch von einer Zikade, die mir ihren Gesang beibrachte, und dann von einem riesigen Käfer, der mich eher erschreckt und in die Flucht getrieben als bezaubert hat! Dagegen habe ich schon früh die Anwesenheit von Uteshkan-Manitush begrüßt, dieser Wesenheit, die auf dem Umschlag abgebildet ist, da ich in meinem ganzen Leben niemals das Glück gehabt hatte, diese Kreaturen aus

[1] *Nauetakuan, un silence pour un bruit*, Natasha Kanapé Fontaines erster Roman, erschienen 2014, Neuauflage 2021. (Anm. d. Ü.)

der Nähe zu sehen. Und ich habe deutlich gespürt, dass ihr Auftauchen keineswegs ohne Bedeutung war.

Allerdings bin ich mir sehr wohl meiner Position als Innushkueu bewusst aufgrund der Informationen über unsere Innu-Gesellschaft und -Kultur, die mir heute zugänglich sind. Daher wollte ich eines bezeugen, meine Verpflichtung den Gründungserzählungen unseres Volkes gegenüber. Ich habe im Laufe der Zeit mehrere traditionelle und spirituelle Unterweisungen erhalten, die bewirken, dass zahlreiche Aspekte meines kreativen Prozesses meinen Willen reflektieren, die natürlichen Grenzen unserer Kenntnisse und dieser Unterweisungen zu respektieren; Ränder, an denen vielleicht andere Innu- oder autochthone Schriftstellerinnen und Schriftsteller den Mut haben könnten, gewisse Grenzen zu überschreiten, diejenigen unserer Traditionen. Aufgrund meiner spirituellen und kulturellen Erziehung wollte ich eher die Haltung des Respekts vor dem bewahren, was mir als grundlegende Kenntnisse mitgegeben worden ist. Das ist die Rolle, die mir zugeteilt wurde.

Da ich mich entschlossen habe, diese Haltung einzunehmen, äußere ich aus ihr heraus ganz offen den Wunsch, dass die Nicht-Autochthonen sich diesen Erzählungen mit dem gleichen Respekt nähern mögen, wie ich ihn für die Märchen und Legenden meines Volkes empfinde. Die Arbeit der kulturellen Wiederaneignung der Autochthonen geschieht parallel zu einer unermüdlichen Arbeit der Rekonstruktion der Kulturen der Ersten Völker, die durch den Kolonialismus fragmentiert worden sind. Dieses Buch ist das Ergebnis dieses Prozesses der Wiederaneignung und Rekonstruktion. Der Prozess der Dekolonisation – der darin besteht, die Auswirkungen des Kolonialismus auf unser Denken und unsere Wahrnehmung der Dinge, der Menschen und der Welt zu dekonstruieren – geschieht auch, wenn man sich den Erzählungen der Ersten Völker mit all dem Respekt nähert, den man der Bewegung der Rehabilitierung der alten Erzählungen schuldet, ein notwendiger Weg für unser gemeinsames Gedächtnis, bevor es zu spät ist.

Viele unserer Geschichten sind vom Verschwinden bedroht. Wenn es niemanden mehr gibt, der sie kennt und der sie erzählt, besteht die große Gefahr, ein jahrtausendealtes Gedächtnis zu verlieren. Und ich habe keine Lust, das Gedächtnis zu verlieren.

Ich habe diese Sammlung nach dem Zyklus der Jahreszeiten in der traditionellen Kultur strukturiert. *Minishkamau*, den man sicher sehr wenig sieht, ist der Name des Vorfrühlings, der von manchen Gemeinschaften noch erkannt wird. Der Name einer Jahreszeit, des Vorwinters erscheint hier, obwohl er im Innu-Aimun nicht zu existieren scheint; dennoch ist er in den Sprachen der Schwestervölker vorhanden: *Pitcipipon* bei den Atikamekw oder *Pidjipipon* bei den Anishnabe. Ich habe daraus geschlossen, dass er sich im Laufe des letzten Jahrhunderts verloren haben muss, in dem der Vorwinter eher als die Zeit der Jagd galt. Ich habe mir erlaubt, ihn *Pitshipipun* zu schreiben und in den Zyklus der Jahreszeiten aufzunehmen. Man wird auch die Wörter *Kanipintshet* und *Kapipuntshet* finden; sie bedeuten wörtlich *der-/diejenige, der/die den Sommer macht*, und *der-/diejenige, der/die den Winter macht*. Früher gab es in den Familien oder Gemeinschaften bestimmte Personen, deren Rolle es war, den Sommer oder den Winter zu rufen, wenn diese Jahreszeiten auf sich warten ließen. Ich wollte diese Präsenz unterstreichen, obwohl wir das Wissen um diese Rolle verloren haben. Und dann habe ich ihre jeweiligen Namen nicht gefunden, aber in den Legenden gibt es den Begriff des ewigen Sommers (und folglich auch des ewigen Winters), unter anderem in der Legende des verlassenen Kindes und der Sommervögel. Den Gemeinschaften zufolge ist es entweder eine einzige Legende, oder sie ist in zwei Geschichten aufgeteilt (diejenige des Kindes mit Läusen und diejenige des ewigen Sommers). Diese Erzählung bezieht sich wahrscheinlich auf das Ende der Eiszeit und die jährliche Reise der Zugvögel. Ich wollte daher die Präsenz dieser Jahreszeiten unterstreichen und in gewisser Weise ihr Auftauchen in dieser Welt, indem ich sie diesem Buch hinzufügte. Anschließend musste ich während des Schreibprozesses mit den Informationen zurechtkommen, die ich hatte und die ich finden konnte. Ich habe immer noch so viel zu lernen, zu sammeln, zu suchen, zu verstehen. Ich befinde mich immer noch auf halbem Weg in dieser langwierigen Recherche über meine eigene Kultur, sei es über die mündliche Überlieferung oder vor Ort.

Ich habe diese Sammlung *Kanatuut*, »Die Jägerin«, genannt, weil ich die Geschichten, die in mir leben, suchen und sie auf diesen Seiten festhalten wollte, um sie Ihnen zu schenken. Wie Mathieu Mestenapeu André in seinem Buch *Mestenapeu* in Erinnerung ruft, schenkte man bei den Innuat, ohne jemals eine Gegenleistung zu erwarten.

Tshima ashinaiek^u ume e thsitapitaiek^u mashinin,

Nin Natasha Kanapé Fontaine

Minishkamau

Die Nacht unserer Zeit

Ein Gerücht machte schon seit einiger Zeit die Runde im Dorf. Männer, die von einem musikalischen Abend im Gemeindesaal zurückkamen, hatten sie endlich gesehen. Die *kukum*, die nachts mit geschlossenen Augen zum Wald am Dorfeingang ging.

An einem anderen Abend hatte gegen Mitternacht eine Nachbarfamilie, die gerade eben aus Sept-Île zurückgekommen war, ihren Wagen geparkt hatte und mit den drei Kindern, die auf der Rückbank schliefen, beschäftigt war, gesehen, wie die *kukum* mit geschlossenen Augen über ihre Straße ging.

Der Vater war, nachdem er seiner Frau einen kurzen Blick zugeworfen hatte, zu der Dame mitten auf der Straße gegangen, um sie zu fragen, wohin sie wolle. Sie hatte unverständliche Worte gemurmelt. Er hatte sie daraufhin zu ihrer Wohnung zurückgebracht, bevor er zur Mutter seiner Kinder zurückgekehrt war und sie verwirrt ihr Gepäck aus dem Wagen genommen hatten.

*

Alle kannten sie. Sie war fünfundsechzig. Sie hatte immer in dem Haus gelebt, das sie von ihren Eltern geerbt hatte. Kinderlos. Sie hatte ihr Leben lang gearbeitet, eine Weile als Beamtin im Geschäftszentrum, ansonsten im Präsidium des Rats der Reserve. Sie machte jeden Morgen ohne Ausnahme ihren Spaziergang. Um sieben Uhr sah man sie in der Rue Messek. Die Messe nur am Sonntag, auch wenn sie mit zunehmendem Alter beschlossen hatte, ihren Glaubenseifer ein wenig zu zügeln, um am Wochenende mehr schöne Momente mit Familie und Freundinnen verbringen zu können. Mit der Zeit häuften sich die Zeugenaussagen. Der Klatsch prallte an ihr ab. Sie wachte am nächsten Morgen in ihrem Bett auf und zog sich um, wobei sie sich Zeit ließ bei der Wahl ihrer Kleidung für den Tag. Vor allem liebte sie es, sich gleich nach dem Aufstehen ihren Kaffee zu machen, sich ans Fenster zu setzen und ruhig nach draußen zu schauen. Nach ihrem morgendlichen Spaziergang konnte sie sehen, wie die Zahl der Autos halbstündlich zunahm, während sie in kleinen Schlucken ihre Tasse Maxwell House trank. Diese Marke schmeckte anderswo völlig anders – lag das an dem Löffel Kaffee mehr, den die Innu hinzufügten? –, so dass unter anderem dies sie am stärksten in ihrer Gemeinde hielt, neben vielen anderen kleinen Dingen wie die Bingokarten, der Tee mit den Freundinnen, die morgendlichen Glocken der Kirche Notre-Dame-de-Betsiamites, und viele große Dinge wie die Straße, die kilometerweit durch das Dorf zum Strand führte, und das Stückchen der Rue Metsheteu.

Wir hatten nie gedacht, dass in ihrem Leben irgendetwas fehlen könnte. Bis klar wurde, dass sie seit Jahrzehnten allein lebte. Die Neugierigen werden Fragen über ihre Kinder stellen, man wird sagen, dass sie nie welche haben wollte. Man wird sich Gedanken über ihr Liebesleben machen. Niemand wusste wirklich, wovon sie träumte oder was sie vorhatte. Als ihre Enkel und Enkelinnen versuchten, mehr zu erfahren, wechselte sie geschickt das Thema, ohne dass jemand es merkte. Sie war immer stolz und frei gewesen, sie brauchte niemanden, und das war ganz sie. Jeanne.

*

Allmählich spürte sie täglich mehr Blicke auf sich gerichtet. Sie konnte den Grund für diese plötzliche Aufmerksamkeit nicht verstehen. Vielleicht die Rückkehr der Zyklen des Dorfs, die manche dazu bringen, sich für die anderen zu interessieren, gedankenlos die Nachbarin auszuspionieren, dem neugierigen Nächsten zu erzählen, was man zu sehen geglaubt hat, die immer wieder auflebenden Gerüchte, die manchmal nimmersatte Mund-zu-Mund-Propaganda.

Ah, sie hatte so einiges erlebt. Wie viele hatten im Laufe der Jahrzehnte versucht herauszufinden, wer sie war, ihren in ihrem Schweigen verborgenen Schatz zu entdecken! Warum, sagte sie sich, war sie plötzlich das Thema der Woche, des Monats, des Jahres geworden. Schließlich hatte sie ihre Gewohnheiten nicht geändert.

Als sie zur Bank kam, wollte sie gerade die Hand auf den Türgriff legen, um hineinzugehen, als eine andere Person ihr bereits zuvorgekommen war. Als diese Frau Jeannes Gesicht sah, hatte sie sie mit einem so rätselhaften Blick angesehen, dass sie ganz durcheinander war, bevor diese Unbekannte verstohlen ins Gebäude schlüpfte und in aller Eile auf der anderen Seite des Büros wieder hinausrannte. Jeanne hatte ihren Blick eine Sekunde lang in die Pupillen der anderen tauchen können und hatte darin nicht nur Betroffenheit gespürt, sondern auch eine Art … Entsetzen?

Aufgewühlt von dieser Begegnung, beschloss Jeanne, kehrtzumachen und sich wieder in ihr Auto zu setzen.

Wieder zu Hause, rief sie ihre beste Freundin an.

»Was ist los mit mir, Claudine?«

Diese zögerte eine Weile, als sie Jeannes Frage hörte. Sie wusste sehr gut, was ihre Freundin meinte. Sie räusperte sich am anderen Ende der Leitung. Claudine antwortete ihr, dass sie von dem Gerücht Wind bekommen habe und dass sie eines Abends mit ihrer Schwester wach geblieben sei, um es mit eigenen Augen zu sehen … Und tatsächlich hatte sie zu ihrer Verblüffung gesehen, wie Jeanne durch die Straßen des Dorfs gegangen war, ohne die Augen zu öffnen.

»Schlafwandelst du?«

Claudine erklärte ihr, dass es etwas Erschreckendes hatte, sie ohne Angst durch die Straßen laufen zu sehen. Ohne etwas zu sehen.

»Bitte«, flehte Jeanne sie an, »wenn du mich das nochmal tun siehst, weck mich auf!«

Claudine erzählte ihr, wie Nachbarn wiederholt versucht hatten, sie zu wecken, vergeblich allerdings. Von der Nacht, in der ihre Nachbarin sie nach Hause geführt hatte. Die anderen Male, als heimkehrende Jugendliche ihr auf der Straße begegnet waren und geglaubt hatten, einen Geist zu sehen. Schnell verbreitete sich das Gerücht, ein Gespenst treibe sich in der Gegend herum. Bis man schließlich feststellte, dass es Jeanne war.

Am Nachmittag ließ Claudine den Priester der Gemeinde kommen, um mit Jeanne zu reden. Diese glaubte einen Augenblick lang, der Pfarrer könnte ihr die Ereignisse erklären oder ihre Fragen beantworten. Sie von einem Übel befreien. Sie sah, wie er durch ihr Haus ging, in den oberen Stock, in den Keller, da und dort Gebete murmelte und jeden Winkel mit Weihwasser besprengte. Sie spürte weder in der Luft noch in der Energie ihres Hauses etwas, das einem echten Wind der Veränderung ähneln würde. Dann war es also nicht im Haus? Man würde draußen nachsehen müssen! Man würde die Umgebung besprengen müssen! Warum ging er so schnell wieder, obwohl ihre Seele Hilfe brauchte? Was konnten die Gebete schon ausrichten, wenn das Unerklärliche gerade geschah, wenn niemand da war, um sie zu beruhigen?

Nachdem der Priester gegangen war, sah Claudine Jeannes enttäuschten Blick.

»Ich werde dich nicht im Stich lassen.«

Ihre Freundin blieb stumm, sie schien in tiefes Nachdenken versunken zu sein. Claudine setzte sich ihr gegenüber. Jeanne blickte auf.

»Wenn ich es heute Abend wieder tue, könntest du mir folgen?«

»Ich werde dir bis in die Hölle folgen.«

Claudines Lachen hallte durch Jeannes ganzes Haus.

*

»Was träumst du in letzter Zeit, Jeanne?«

Claudine saß am Steuer, während Jeanne Pessamit betrachtete, seine Straßen, seine Häuser, seinen Himmel, den der Sonnenuntergang orange färbte, und dann die gezackten Schatten des Waldes unter dem wütenden Gewölbe.

»Ich träume davon, im Wald zu zelten.«

Claudine wandte ihr Gesicht für einen Augenblick dem von Jeanne zu, um ihre Augen besser sehen zu können, die vor sich hin starrten. Dann blickte sie auf die Wolken am Rand des Horizonts, um besser zuhören, besser verstehen zu können.

»Vielleicht … versuchst du in der Nacht diesen Ort zu finden, wo du zeltest?«

Jeanne antwortete nicht.

»Oder … gibt es vielleicht ein Geheimnis an diesem Ort? Jeanne?«

Claudines Stimme ging durch Jeanne hindurch wie eine Welle.

Jeanne schloss die Augen.

*

An der Biegung eines Pfads, den sie nicht erkennt, bemerkt Jeanne zwischen den Zweigen ein Prospector-Zelt[2]. Sie ringt um Atem. Ihr Herz schlägt wie wild in ihrer Brust. Sie atmet tief ein, und ihre Lungen füllen sich mit dem Geruch von Labrador-Tee, von Erdbeer- und Blaubeertrieben im Wald und der Frische des Taus an diesem so klaren Morgen.

Jeanne geht ins Lager. Isaac erscheint im Eingang des Zelts, das Gesicht der Sonne zugewandt. Der große Innu, dessen Augen so stark geschlitzt sind, dass sie kaum das Weiße darin sehen kann, richtet seinen Blick auf sie. Der Schimmer seiner schwarzen Pupillen macht ihr Herz schwer. Tränen treten in ihre Augen, die sie nicht zurückzuhalten vermag. Er nähert sich, bemerkt ihre Gefühlserregung.

»Komm her, damit ich deine Tränen den Sternen zum Trinken geben kann!«

Sein Lachen hallt über die Lichtung.

[2] Wohnzelt für Familien und Gruppen zwischen 4 und 12 Personen mit Stahlrahmen und Firststangen für die nötige Stabilität. (Anm. d. Ü.)

Shikuan

Das Geheimnis der Götter

Das Moos unter dem hohen Gras am Fuß der Bäume wird wieder grün. In den Wäldern und auf den Bergen rund um Whangārei gibt es das Geheimnis eines Lebens, das man nicht mehr kennt. Und doch ahnt man, sobald sich alles erneut erhebt, nicht, wie wenig Angst das Lebendige hat, sich nach einer gewissen Schläfrigkeit mit verschwenderischer Prachtentfaltung zurückzumelden. Und wie viele Träume sind während dieses Winterschlafs geträumt worden?

Ich bin im Winter geboren. Allerdings unterscheidet sich der Winter hier von meinem. Er ist völlig anders. Er ist nicht weiß, er kommt nicht mit den ersten Flocken. Er ist eher ungewöhnlich mit seinen, ja, eisigen Windströmungen und einer Temperatur (dreizehn Grad Celsius), die mich überfordert, weil die Häuser hier nicht geheizt sind. Daher friere ich. Jeden Tag. Ich trage meine Mäntel (ja, im Plural) im Haus. Und doch könnte nichts jemals die minus vierzig Grad in Nitassinan überbieten. Ich bin absolut abhängig vom Zusatzheizgerät. Mein Großvater würde mich auslachen. Mein Name ist Élizabeth Vollant, und er würde sagen: »Élizabeth! Wir müssen reden!« Ich höre ihn schon von hier aus.

Das ist der Winter in Neuseeland. Heute erlebe ich das Aufbrechen der Knospen. Und plötzlich wird alles grün. Neue Grüntöne, die so hell sind, dass sie dem Grün, das geschwächt die Wintermonate überdauert hat, neues Leben einhauchen. Die Blumen erblühen überall in tausend Farben. Alle Insekten haben sich besonders schön herausgeputzt. Die Zugvögel sind in Aotearoa[3] gelandet, um dort

[3] Die heute am meisten verbreitete und meistakzeptierte Maori-Bezeichnung für Neuseeland. Das Wort setzt sich zusammen aus den drei Wörtern *ao* (»Wolke«, »Erde«/»Welt« sowie »Tag«/

den Sommer zu verbringen. Wie ich. Ein Zyklon hat immerhin den Frühling der südlichen Hemisphäre angekündigt, indem er die Insel des Nordens mit Böen liebkoste, die die Häuser von Northland[4], wo ich bin, zum Erzittern gebracht haben.

Heute nahmen meine Maori-Adoptivschwestern mich in den Waipoua Forest mit. Sie wollten, dass ich den Herrn des Waldes kennenlerne, den großen Tāne Mahuta. Tāne ist in den Legenden der Gott der Vögel und der Bäume. Und in diesem von der neuseeländischen Regierung geschützten Wald, in dem du die Sohlen deiner Schuhe waschen musst, bevor du ihn betrittst, gibt es diesen riesigen Kauri-Baum, der ungefähr zweitausend Jahre alt ist. Der älteste Baum ganz Neuseelands. Vor mir. Ich fragte mich, wie ich hierher gekommen bin. Ich stand lange sprachlos vor dieser Macht, noch nie war mir eine solche Naturgewalt begegnet. Ein Umfang von dreizehn Metern, einundfünfzig Meter hoch.

Tāne Mahuta.

Wenn du dich fortbewegen könntest, würde ich dir sagen: Bleib immer bei mir. Aber ich habe meine Zweifel. Deine Wurzeln scheinen sehr fest in der Erde verwurzelt zu sein, und diese Erde hat ein Interesse daran, sie in einer Tiefe in sich zu behalten, die der Höhe entspricht, in der du in den Himmel ragst!

Als wir den Park verließen, beschlossen wir, in der Umgebung zu bleiben, anstatt nach Whangārei zurückzukehren. Wir nahmen ein Zimmer in Opononi, unweit der Touristenorte in der Region des Waipoua Forest. Meine drei

»Tageslicht«/»Dämmerung«), *tea* (»weiß«) und *roa* (»lang«, »groß«/»hoch«). Die gebräuchlichste Übersetzung dieser drei aneinander gereihten Wörter ist »das Land der langen weißen Wolke«.

[4] Die nördlichste der 17 Verwaltungsregionen Neuseelands. Der Rat der Region, der Northland Regional Council, hat seinen Sitz in Whangārei.

Freundinnen sagten, wir sollten diese verrückte kleine Reise noch ein bisschen länger genießen. Denn wir lachen uns viel zu oft kaputt und führen so viele tiefe Gespräche, dass wir jetzt nicht einfach aufhören können. Bleiben wir noch eine Nacht. Fahren wir nicht sofort nach Hause. Schließlich habe ich Ferien. Warum sich also nicht Zeit lassen?

Ich konnte die Nachrichten von zu Hause nicht mehr ertragen: die autochthonen Frauen, die verschwinden, diejenigen, die auf Lichtungen gefunden werden, oder jene, die ganz einfach unauffindbar bleiben; die autochthonen Chefs, die immer nur große Reden schwingen und ihren Platz an der Spitze der Stammesräte behalten; die Körper autochthoner Kinder, die in den Hinterhöfen der Internate ausgegraben werden; die Kämpfe für den Schutz der Gebiete, die von den Medien immer mehr ignoriert werden; und so weiter. Und all diese Scheindebatten im Radio oder Fernsehen über die Realitäten der Autochthonen. Die von den Institutionen, Medien und Regierungen propagierte Versöhnung.

Ah, Joyce, dein Name hallt täglich in meinem Kopf wider. Ich kann ihn nicht vergessen. Ich kann nichts vergessen.

Es ist so schwer.

Ich bin ins Exil gegangen, bedingt. Hier sagt man mir immer wieder, dass es nicht besser als anderswo sei, dass es nicht besser als in Kanada sei. Ich hätte ihnen gern gesagt, wenn ihr wüsstet, was ich sagen will. Wenn ihr wüsstet, was ich durchgemacht habe. Was ich mit meinen Augen gesehen habe. Was ich zum Glück nicht mit meinen Augen gesehen habe, ist, was andere täglich erleben. Womit sie leben. Ich weiß natürlich, dass meine Freundinnen Bescheid wissen. Sie wissen, wovon ich rede. Ich bin nicht pessimistisch oder defätistisch. Man vergisst leicht, dass all das

Grauenhafte weitergeht, aufs Glänzendste verdrängt! Die Versöhnung hat stattgefunden, alles strahlt. Ich bin wütend und zugleich hoffnungsvoll. Ich weiß nicht, wie ich das mache. Diesbezüglich weiß ich, dass wir so vieles gemeinsam haben, meine Schwestern und ich. Ein gemeinsamer Wille, Front zu machen. Jede in ihrer Sprache. Sie hallen durch den Raum.

Deswegen bin ich hierher gekommen.

Aber niemand hat mich auf diese ungewöhnliche Begegnung vorbereitet.

Tāne Mahuta.

Ich schließe die Augen. Dieser riesige Baum, dieser Gott beugt sich zu mir hinab. Er nimmt mich in seine Arme. Genau das wünsche ich mir jetzt. Er wiegt mich langsam zwischen seinen langen Ästen, seinen so zahlreichen Blättern, an seinem rauen Stamm. Ich schlafe ein. Ich könnte zwölf Stunden schlafen, achtzehn Stunden, vierundzwanzig Stunden. Jemand ruft mich unten. Ah, ich höre niemanden. Ich hätte ein Kopfkissen mitnehmen sollen. Ich ruhe meinen Kopf aus.

Ich bin in Tānes Armen eingeschlafen. Ich hoffe, er versteht, dass das mein Gebet ist. Ich vergesse für einen Augenblick das Gewicht des Winters. Als Kind hatte ich es nie gespürt, und ich hätte nie geglaubt, dass ich es eines Tages spüren würde. Aber jetzt kann er mühelos in meine Knochen eindringen. Zu leicht. Ich versuche, die Kälte aus meinen Knochen zu nehmen, um sie in Tānes Arme zu legen. Ich schnarche. Ich speichere noch etwas Schlaf. Es geht mir gut. Ich fühle mich wohl zwischen seinen Kronen. Ja, ich könnte jeden Augenblick hinunterfallen. Ich bin im Gleichgewicht. Der Gott der Bäume und der Vögel.

Ich öffne ein Auge nach einem so erquickenden Nickerchen. Ich atme sofort die berauschende Frische der ganz neuen Blätter der Nachbarbäume. Ich werfe einen Blick nach unten, und ein Schwindel packt mich, der mir Übelkeit verursacht. Mein Herz fängt wie wild zu schlagen an in meiner Brust. Ich atme; ich atme durch die Nase ein, ich atme durch die Nase aus. Erneut diese unglaubliche Frische. Meine Lungen freuen sich und lassen sich zugleich von ihr durchfluten.

Ich bitte ihn, mich wieder auf den Boden zu setzen. In einer Zeitlichkeit, die nur ihm gehört, krümmt Tāne sich daraufhin, um mich unten abzusetzen. Ich traue mich nicht, ein Wort zu sagen, um die pflanzliche Umgebung nicht mit meiner ungeschminkten Menschlichkeit zu stören, und winke meinem großen Freund schüchtern zu.

Ich mache ein paar Schritte durch den Busch. Es ist dunkel, ich versuche zu erkennen, was vor mir ist. Meine Augen gewöhnen sich nicht an diese totale Dunkelheit. Lichter tauchen auf. Glühwürmchen? Allerdings passen ihre Bewegungen nicht zu ihnen. Zu langsam. Viel zu langsam.

Ich strecke meine Hand aus, um zu versuchen, sie zu berühren. In einem plötzlichen Windhauch tauchen Wesen so groß wie ich in meiner unmittelbaren Nähe auf. Vielleicht ein Dutzend. Erneut rast mein Herz unkontrolliert. Zugleich bin ich hypnotisiert von ihrer Schönheit … Sie schimmern in der Farbe der Frühlingsknospen. Sie sind die Feen des Waldes! Meine Schwestern haben mir von ihnen erzählt.

Ich höre meinen Namen um mich herum: »Shatshitun.« Ah! Wie lange habe ich diesen Namen nicht mehr benutzt. Seit ich fünfzehn bin, benutze ich bewusst meinen anderen Vornamen, Élizabeth, um ihn zu vergessen. Ist ja klar, dass die Feen das wissen. Ich schließe die Augen, um zuzuhören.

Ich kehrte spät zum Schlafen ins Hotel zurück. Am nächsten Morgen fragen meine drei Gefährtinnen mich beim Frühstück, ob ich nach unserem Besuch bei Tāne Mahuta magische Träume gehabt habe. Ich will ihnen gerade von meinem nächtlichen Spaziergang erzählen, als ich plötzlich ihre Augen in einem Grün leuchten sehe, das so hell ist wie die Wipfel von Waipoua.

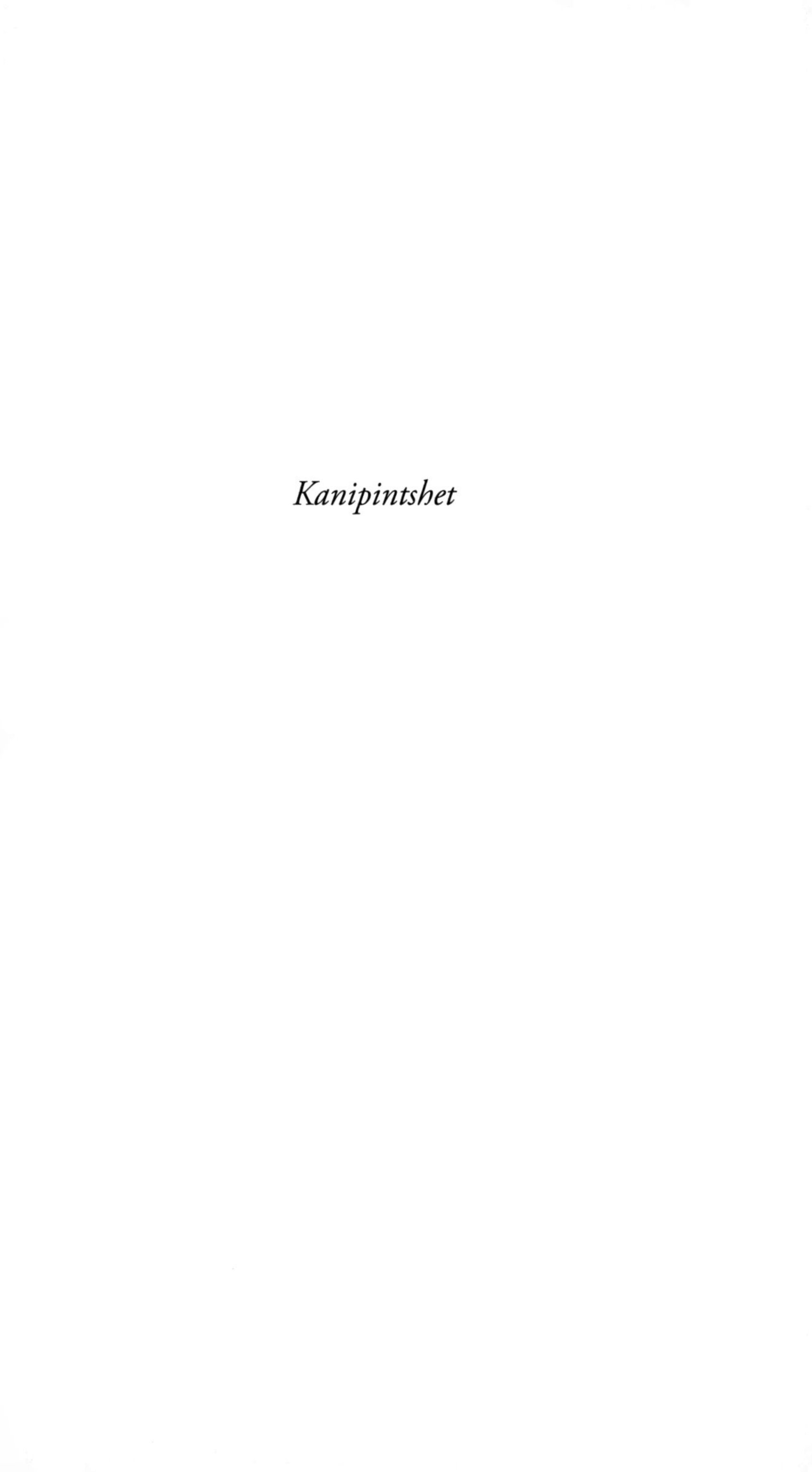

Kanipintshet

Sein Herz

Ein Kind hebt auf der Straße am Rand des Strandes ein Rebhuhnherz auf. Es hört auf zu regnen.

Seine Mutter stellte gerade die Mülleimer auf die Terrasse vor dem Haus. Obwohl sie Zeugin war, hatte sie nicht gesehen, was ihr Junge gerade aufgehoben hatte. Sie bemerkt die Farbe des Bluts auf dem Boden vor ihrem Sohn und stürmt die Stufen hinunter.

»Alexandre!«

Sie packt seine Handgelenke, um ein Organ von der Größe seiner Handfläche aus seiner rechten Hand zu nehmen.

»Was hast du da aufgehoben? Vom Boden? *Tanite ne tshunetshi!*«, ruft sie voller Panik.

Das Kind bleibt stumm und versteht nicht, warum seine Mutter sich so aufregt. Es fängt an zu weinen. Shanipiap öffnet seine linke Hand mit dem Rebhuhnherzen, das genau zwischen zwei Handlinien liegt.

Sie blickt zum Himmel empor.

»Vor zwei Minuten hat es wie aus Kübeln geschüttet.«

Durch den Regen glänzt der Asphalt um sie herum und spiegelt an manchen Stellen das Gesicht des Himmels. Das ist einer der schönsten Momente in Pessamit. Wenn der Boden versucht, mit dem Himmel und seinen Wolken zu kommunizieren, die jetzt ihre geschlossene Decke auflockern … Die feuchte Luft ist von der Frische des Regens ersetzt worden.

Shanipiap wirft das Herz verächtlich auf den Boden.

Sie packt ihr Kind unter dem Arm, um es ins Haus zu bringen. Das Blut des Herzens ist auf sein königsblaues Sweatshirt mit Reißverschluss gelaufen sowie auf sein Lieblings-Shirt das bereits verschmutzt ist durch alte Spaghettisoßenflecken oder vom Spielen im Sand des Hofs vor dem Haus in der Rue Laletaut, die den Strand und den Sankt-Lorenz-Strom überragt.

Im Haus setzt sie Alexandre einen Augenblick erschöpft auf den Boden, dann packt sie ihn in einem Wutanfall und setzt ihn auf den Tisch, um sich seine Hände genauer anzusehen.

Es ist der Augenblick des Tages, am Spätnachmittag, wo die einen beim Einkaufen sind und die anderen einen Kaffee mit der Familie trinken am anderen Ende der Gemeinde. Es ist niemand da, der Shanipiap helfen könnte.

»Alexandre, wie kommt es, dass du das draußen gefunden hast? Sieh mich an!«, herrscht sie ihn an.

Alexandre blickt seine Mutter mit feuchten Augen stumm an.

»Ist schon gut, *nituassim*, ich habe nichts gesagt. Mama ist nicht böse … sie hat nur … Angst.«

Shanipiap dreht sich zum Waschbecken, um einen schon feuchten Waschlappen zu nehmen, den sie erneut unter das Wasser hält, um anschließend die Hände ihres fünfjährigen Jungen zu säubern.

»Ich muss mich beruhigen«, murmelt sie mehr zu sich selbst.

Ihre haselnussbraunen Augen wandern über seine leicht blutverschmierten Hände und die Arme ihres Kleinen. Der Geruch erinnert sie an die Sommer, die sie mit ihren Großeltern im Wald verbracht hat.

»Aber wer hat einem Hund ein Tierherz gegeben?«, denkt sie und stellt sich vor, dass ein streunender Hund der Gemeinde von einer Nachbarfamilie mit Wild gefüttert worden sein könnte.

»Aber ich weiß doch, was ich gesehen habe, das Aufhören des Regens … und dieses Herz …«

Sie beendet die Säuberung ihres Jungen und führt ihn in sein Zimmer, um ihm ein neues T-Shirt anzuziehen. Sie wirft dasjenige, das er getragen hat, in den Wäschekorb hinter ihr. Sie bedauert, dass sie in Panik geraten ist, und geht mit Alexandre ins Wohnzimmer, um den Fernseher einzuschalten.

»Ich such dir einen Film aus, mein Baby, und entschuldige mich.«

Alexandre greift sich Spielzeug und setzt sich vor den Fernseher, schon bald in Bann gezogen von seinen Lieblingsfiguren.

Shanipiap geht zur Tür, um sie zu schließen, und wirft einen Blick durch das Fenster. Es hat wieder zu regnen angefangen.

*

Am nächsten Morgen wacht sie auf, als sie ihren Jungen neben ihrem Bett spielen hört. Alexandre hat all seine Superheldenfiguren mitgebracht. Sie öffnet die Augen und sieht ihren Sohn, der ihr den Rücken zudreht, ein paar Fuß von sich entfernt, und blickt dann auf ihren Wecker. Er steht auf fünf Uhr siebzehn. Als sie ihre Aufmerksamkeit wieder dem Kleinen zuwendet, bemerkt sie etwas Voluminöses neben ihm und einen großen Blutfleck auf ihrem Teppich unter dem Ding, das sie mit ihren schlafverquollenen Augen nicht richtig erkennt.

»*Fuck!* Was ist das denn schon wieder?«

Sie wacht jetzt endgültig auf und packt ihren Jungen, um seine Kleidung und sein Gesicht zu überprüfen. Sie zieht ihn etwas zu sich, um ihn von dem neuen Stück Tier zu entfernen, das sie da neben ihm bemerkt. Es sieht aus wie … eine Elchleber!

»Aber das ist ja riesig! Wie kann das sein?!«, sagt sie leise. »Alexandre, sag was!«

Sie nimmt Alexandre und setzt ihn auf ihr Bett. Sie betrachtet sein Gesicht in dem Versuch, Antworten zu finden. Wie hat er es geschafft, ein so großes Stück in das Zimmer zu transportieren?

Shanipiap steht auf und beschließt, an die Zimmertür ihres großen Bruders Tommy zu klopfen.

Aus Angst, ihre Mutter zu wecken, die so früh am Morgen noch schläft, klopft sie ein paarmal wohldosiert, ohne sofort eine Antwort zu erhalten.

Sie öffnet die Tür. Ihr Bruder schläft noch, auf dem Bauch liegend, den Kopf in den Kissen vergraben.

»Tommy!«, flüstert sie.

Tommy hebt den Kopf, mit geschlossenen Augen. Er hört erneut seinen Namen, öffnet seine Augen und sieht seine Schwester an.

»Komm mit, ich muss dir was zeigen!«

Tommy steigt aus seinem Bett und folgt Shanipiap. Sie flüstert ihm zu, sich zu beeilen, es sei dringend. Ihr Bruder schlüpft daraufhin in ihr Zimmer, und Shanipiap beschließt, die Tür hinter ihm zuzumachen.

»*What the fuck!*«, ruft Tommy, als er das große Stück Leber sieht.

»Pssst! Hast du das gemacht?«

»Was denn?«, flüstert er.

»Du hast das nicht hierher gebracht?«

»Wovon redest du, Shani, natürlich nicht!«

»Pssst …«

Shanipiap hatte geglaubt, jemanden im Haus herumgehen zu hören. Fehlalarm. Tommy wirft einen verblüfften Blick auf die Elchleber. Er glaubt seinen Augen nicht.

»*Fuck*, wir sollten sauber machen, hm.«

»Hilf mir«, fleht Shanipiap ihn sofort an.

Sie wirft einen Blick auf Alexandre, der sich währenddessen wieder seinen Superhelden zugewandt hat.

»Und er, *miam ka tshekuan*[5]«, flüstert sie ihrem Bruder zu.

Shanipiap und Tommy beginnen daraufhin, mit Küchenpapier, den stärksten Putzmitteln, die sie finden können, einem Mopp und einem Eimer Wasser den Fußboden zu wischen und zu versuchen, den Teppich in ihrem Zimmer zu desinfizieren, all das, bevor ihre Mutter aufsteht. Shanipiap hat die Elchleber in eine große Salatschüssel gelegt, ohne das geringste Verständnis für ihre Herkunft und vor allem, vor allem für die gleichmütige Haltung ihres fünfjährigen Sohnes.

Sie hält einen Augenblick inne. Sie beobachtet ihren Sohn, der laut mit seinen kleinen Männchen spielt.

»Alexandre?

Er dreht sich zu ihr, um sie anzusehen. Er bleibt stumm. Tommy bringt den Eimer hinaus, um ihn im Badezimmer auszugießen. Shanipiap hält dem Blick ihres Sohnes stand. Ihr Herz fängt wie wild an zu schlagen in ihrer Brust. Alle möglichen Gedanken gehen ihr durch den Kopf.

Ihr Sohn kommt ihr verändert vor. Sie begreift nicht, was sie empfindet. Sie geht zu Alexandre und hockt sich vor ihn, um auf seiner Höhe zu sein.

»*Nituassim?* Wo hast du dieses Stück Elch gefunden?«

Er antwortet nicht. Er rührt sich ebenfalls nicht und hält ihrem Blick stand.

Shanipiap legt ihre Hände auf das Gesicht ihres Kindes und streichelt es ein bisschen. Tommy kommt wieder in das Zimmer seiner Schwester.

[5] Als wäre nichts geschehen!

»Ich versteh überhaupt nichts, was ist passiert?«

»Ich weiß nicht …«

Shanipiap steht auf, um zu ihrem Bruder zu gehen. Die beiden betrachten erneut den Kleinen.

»Du kannst mir nicht erklären, wie ein großes Stück Elchleber in dein Zimmer gekommen ist?!«, schimpft Tommy. »Wir hatten keine mehr im Haus.«

»Ich weiß …«

Sie sieht wieder die letzte erfolgreiche Jagd im letzten Herbst, bevor ihr Vater sie verlassen hatte, vom Krebs dahingerafft. Alles ist verspeist worden. Shanipiaps Augen füllen sich mit Tränen, als sie Tommy antwortet. Ein Gefühl der Ohnmacht überkommt sie.

»Sprich nicht mit Mom darüber!«

»Aber, ich weiß nicht, wir werden es ihr sagen müssen, es könnte immerhin sein, dass sie sie mitgebracht oder dass jemand sie ihr gegeben hat, keine Ahnung!«

Shanipiap schweigt einen Augenblick, etwas verwirrt.

»Nein, lass, ich werde versuchen, diese Leber irgendwo hinzutun.«

»Wir könnten sie essen.«

»Auf keinen Fall. Wir können sie doch nicht essen, wenn sie auf dem Boden gelegen hat. Und außerdem wissen wir nicht, wo sie herkommt, wie sie hergekommen ist.«

»Wir können sie immer noch in den Wald bringen. Ich denke, das ist das Mindeste, was wir tun können.«

»Dann gehen wir.«

*

Eine Stunde später, als alles in Tommys Pick-up geladen ist, die drei im Auto sitzen und der Älteste gerade losfahren will, erscheint das Gesicht ihrer Mutter im Fenster neben der Eingangstür. Sie öffnet die Tür, um im neuen Licht des Morgens auf die Veranda hinauszugehen. Tommy lässt die Fensterscheibe des Wagens hinunter.

»*Tanite iteieku*[6]*!?*«, fragt Matenen, die Matriarchin.

»Äh, Alex wollte spazieren gehen. Wir kommen zurück!«, antwortet Tommy ihr.

Tommy fährt rückwärts und bringt den Pick-up aus dem Blickfeld seiner Mutter, auf die Rue Ashini. Er hat gerade noch gesehen, wie sie die Stirn runzelte.

»Mama weiß immer, wenn wir merkwürdige Dinge tun«, sagt Tommy zu Shanipiap.

»Ja, sie wird Alex sicher fragen, ob das stimmt, wenn wir zurückkommen. Nichts zu machen.«

Tommy verlässt mit Shanipiap und Alexandre auf der Route 138 die Gemeinde. Er erinnert sich an einen bestimmten Ort hinter Papinachois, wo sie die Leber ablegen und die Tiere sie sich schmecken lassen können.

Vor gar nicht so langer Zeit hatte noch die Sonne geschienen, aber als sie das von Tommy gewählte Ziel erreichen, nach einer Kurve zu ihrer Rechten auf einem Pfad, der lange nicht benutzt worden war, beginnt es plötzlich zu regnen.

»Also sowas«, schimpft Shanipiap sofort.

»Der Himmel kam mir gar nicht so bewölkt vor«, sagt Tommy ungläubig.

Shanipiap wirft einen Blick nach draußen zwischen den Tropfen hindurch, die die Fensterscheibe bereits übersäen.

»Aaah!«

»Was!?«, schreit Tommy.

[6] Wohin fahrt ihr?

»*Fuck!*«

Alexandre beginnt, überrascht vom Schrei seiner Mutter, Tränen zu vergießen.

»Was ist denn?«, brüllt Tommy, der fürchtet, dass draußen ein Bär ist oder ein anderes gefährliches Tier.

»Schau doch!«

Tommy sucht die Stelle, auf die Shanipiap mit dem Finger deutet, und erkennt zwischen den Tropfen ein neues rotes und blutiges Stück, diesmal der Körper eines Hasen, dem das Fell abgezogen wurde.

»Das war vorher nicht da!«

Shanipiap dreht sich in plötzlicher Verzweiflung und völlig verwirrt zu ihrem Sohn. Sie beginnt ebenfalls zu weinen.

»Was ist denn los, mein Junge!?«, fragt sie Alexandre. »Was ist los mit dir, mein Baby? Machst du das, *nituassim*? Warum tust du das?«

»Beruhige dich, Shani! Beruhige dich!«, sagt ihr Bruder in dem Versuch, die Situation zu kontrollieren.

»Warum redest du nie?«, fragt Shanipiap.

Alexandre ist ruhiger geworden, als er seine Mutter schluchzen hört.

»Mama, ich will aussteigen.«

Die Augen glänzend von Tränen, kann Shanipiap nicht erklären, dass sie in diesem Augenblick plötzlich ein totales Vertrauen zu ihrem Sohn empfindet. Sie öffnet ihm die Tür von ihrem Vordersitz aus. Tommy wirft ihr einen fragenden Blick zu.

»Was machst du denn da?«, fragt er, als er aus dem Wagen steigt.

Shanipiap beobachtet ihren Sohn, der aussteigt. Sie lässt das Fenster herunter. Es regnet immer noch in dicken Tropfen. Sie sieht, wie ihr Sohn sich dem Wild auf dem Boden nähert. So klein, wie er ist, hebt Alexandre den Hasen und legt ihn sich über die Schultern, nach der traditionellen Weise der Jäger.

Er dreht den Kopf zu seiner Mutter.

»Mama! *Ashtem*[7]*!*«

Tommy betrachtet Shanipiap, die ihrerseits langsam aus dem Wagen steigt. Er ist sich nicht sicher, ob er ihr folgen will, aber seine Neugier ist stärker, und zugleich fühlt er, dass er für seinen Neffen da sein muss. Er macht einen Schritt, dann erinnert er sich an das Stück Leber in seinem Pick-up. Er sagt sich, dass er es mitnehmen müsste, wenn er sie begleitet.

Die beiden jungen Erwachsenen folgen Alexandre zwischen den Fichtenzweigen. Aus Shanipiaps Augen quellen manchmal ein paar Tränen. Sie zittert vor Angst. Trotz ihrer Furcht hält sie in ihren Händen das Rebhuhnherz, das sie am Abend zuvor vor ihrem Haus gefunden und mitgenommen hat.

Alexandre führt sie, geleitet von einer starken Intuition, zu einem einzigen Laubbaum, der sich zwischen den Nadelbäumen versteckt. Hinter diesem Baum kann man zwischen den Stämmen des kleinen Waldes die Mauve- und Blautöne des Himmels und des Flusses erkennen. Sie sind nicht weit vom Ufer entfernt.

Zu ihrer großen Überraschung legt Alexandre den Körper des Hasen vor den Baum vor ihnen. Er dreht sich zu seiner Mutter, die seinen Wink sofort versteht. Sie sieht ein Loch im Stamm. Sie legt das Rebhuhnherz hinein. Anschließend nimmt Tommy die Leber aus der Metallschale, in der sie sie transportiert haben. Er legt die Elchleber auf den Boden, neben den Hasen.

[7] Komm!

Sofort fängt die Erde stoßweise zu zittern an. Shanipiap kniet sich schnell hin, um Alexandre in die Arme zu nehmen. Sie beginnt zu schreien angesichts der Stärke der Erschütterungen, die von Sekunde zu Sekunde zunimmt. Tommy versucht panisch herauszufinden, wo diese Erschütterungen herkommen könnten.

Und plötzlich taucht in Shanipiaps und Tommys Schreien zwischen den größten Laubbäumen ein Riese vor ihnen auf. Sein Bart erinnert an die Bartflechten auf den Armen der Wälder.

Alexandre lächelt.

»*Nimushum*[8]*!*«

»*Petauta nipin!*«, erwidert Mitshapeu.

Bring mir den Sommer, nituassim.

[8] Großvater.

Nipin

Der Name der Liebe

Meine Eltern haben mich Shatshitun genannt, und ich habe nie wirklich begriffen, warum. Alles, was ich Tag für Tag feststelle, ist der Mangel an Liebe in diesem Haus. Man könnte meinen, zwischen meinen Eltern herrscht eine Leere, ein klaffender Fluss, wie derjenige, der am Dorf hier in Pessamit vorbeifließt. Im Übrigen heißt es, es gebe ein anderes Ufer auf der anderen Seite.

Und ich bin dazu da, diese Leere zu füllen.

Und ich habe nie begriffen, warum.

Und ich habe das andere Ufer nie gesehen.

Wenn ich das Haus verlasse, steige ich die vom Zahn der Zeit zernagte Veranda hinunter und fliehe vor den Schreien meiner Mutter, die mich zum vierzigtausendsten Mal auffordert, mein Zimmer aufzuräumen. Mein Zimmer ist mein Zimmer, ich lasse es, wie es ist. Wenn ich es aufräume, verliere ich meine Sachen, es ist einfach so, und das will ich nicht. Jedenfalls sagt meine Mutter mir, was ich machen soll, wenn sie Aufmerksamkeit braucht, die sie von meinem Vater nicht bekommt. Meinem Vater, der völlig in seine Lexika und Exceltabellen der Arbeit versunken ist. Er flieht vor der Realität, indem er versucht, sich an die greifbaren Linien seiner Dokumente als Beamter der Nachbarstadt, Baie-Comeau, zu klammern. Er kommt immer stolz auf die Stadt nach Hause, als wäre ihm etwas gelungen, wozu nur wenige fähig sind. Das denkt er jedenfalls. Was eine Kälte zwischen meinen Eltern herrschen lässt, deren Geheimnis nur ihr Gott kennt. Und ich.

Ich treffe meine guten alten Freunde bei einer von uns, zwei Straßen entfernt. Ich überquere ein brach liegendes Grundstück aus Sand, wo es vor langer Zeit mal einen

Spielplatz für Kinder gegeben hatte. Es sind nur noch die Betonteile übrig, die einst als Sockel für die Standfüße der Rutschbahnen gedient haben, und riesige metallische Spinnennetze. In der Dämmerung zeigt der Himmel ein Blau, das sich verhärtet, und bald wird es dunkel, mit etwas Orange am Horizont. Es ist Sommer. Ein x-ter Sommer in Pessamit. Vor langer Zeit haben meine Eltern mich zu einer Tante in Québec mitgenommen, und durch das Verlassen des Dorfs hatte ich entdeckt, dass es jenseits der Bäume tatsächlich etwas anderes gab. Aber ich würde meine Kindheit und meine Gemeinde gegen nichts eintauschen. Die Sommer in Pessamit, die Sonnenaufgänge über dem Fluss, die Untergänge über den Tannen, ich werde mich niemals sattsehen können an diesen Farben.

Erfüllt von Himmel, tauche ich ein in den Abend im Keller bei Kat. Die Hip-Hop-Musik mischt sich mit unserem Country-Folk. Die Wände und der Boden sind aus Beton, Kats Eltern haben nie daran gedacht, sie mit so etwas wie Holz oder Plastikziegeln zu bedecken, wie man es jetzt überall macht. Diese Wände, die die Geheimnisse nicht hören, die hier gesagt werden und Gestalt annehmen, haben etwas Wahrhaftiges. Wie die Decke aus Holzbrettern, deren Balken, die das reale Leben über unseren Köpfen stützen, wir auswendig kennen. Dort, wo die Liebe selten ist. Dort, wo mein Name keine Bedeutung hat.

Ich rauche einen Joint mit Stéphanie und Mikuen. Wir halten ihn ein bisschen aus dem hohen Fenster nach draußen, damit der Geruch verfliegt. Wir stehen halb auf einem Schemel, damit die Kleinsten den Arm so weit hinausstrecken können, wie es ihnen möglich ist. Die Jungs reißen in einem fort Witze. Das ist immer so. Nur weil wir *weed* rauchen, glauben die Weißen, dass wir deswegen die ganze Zeit lachen. Aber ich würde ihnen gern sagen, dass das Lachen unser Retter ist und dass Jesus nie existiert hat. Ah, stimmt ja, sie haben ihn als Erste verleugnet. Wir kämpfen noch mit ihm. Übrigens hängt Jesus nicht weit weg von uns an seinem kleinen Kreuz über der Treppe, die nach oben führt. Er sieht mich etwas schief an und sagt sich sicher: Ist sie immer noch da? Es gibt auch hier keine Liebe, meine Kleine, du solltest dein Glück also nicht hier versuchen. Ich will ihm antworten, aber Stef reicht mir noch einmal den Joint. Ich nehme einen weiteren Zug. Neulich wiederholte meine Mutter mir ihre Lieblingssätze, die sie wie Goldklumpen zwischen den Seiten der Bibel findet, und es ist, als gäbe es nichts anderes, das existieren kann. Jesus ist das scheißegal. Er hat eine einzige Botschaft gegeben, aber das ist ein Werkzeug für Genozid. Er ist an sein Kreuz genagelt, und ich denke, dass er deswegen nicht imstande ist, etwas zu tun, um das zu ändern. Wie oft haben ich und meine Kumpel uns gesagt, um zu verändern, braucht man mehr als einen Gott …

Meine Mutter hatte mir gesagt: »Deswegen hab ich dich ›Liebes‹ genannt … so wirst du mich jeden Tag daran erinnern, dass ich dich weiter lieben muss, selbst wenn ich nicht mehr glauben werde«, als sie einmal von einem Saufgelage mit ihren Freundinnen zurückkam und ich den Fehler gemacht hatte, meine Heimkehr nach dem Abend im Gemeindesaal falsch zu berechnen, und zur selben Zeit wie sie nach Hause kam. Aber das Pot hatte mich an dem Abend nicht außer Gefecht gesetzt. Ich durfte in meinem Bett schlafen.

Ich weiß nicht, warum ich das immer wieder aufwärme, das geschieht in letzter Zeit immer häufiger. Jedes Mal, wenn ich Haschisch rauche oder ein paar Bier trinke, wiederholt sich das gleiche Lied, und an manchen Abenden dauert es etwas länger.

Ich beschließe auszugehen, ich sage, dass ich noch zum Dépanneur will, bevor er um Mitternacht schließt. Aber ich habe keine Chance, weil nach elf kein Bier mehr verkauft wird. Dort will ich auch gar nicht hin. Das Dorf ist nur halb beleuchtet, es ist dunkel, es ist Donnerstagabend, halb ruhig. Der berühmte »jeudredi«[9] ist jetzt. Ich laufe. Ich habe einfach Lust, zum Fluss zu gehen. Mein Lieblingsplatz ist der Strand. Dort fühle ich mich wohl. Es ist seltsam, ich weiß, dass die Innu aus Pess (fast) immer den Upessamiu Shipu hinauf- und hinuntergefahren sind, aber für mich ist es der Fluss, dem ich mich zugehörig fühle. Ich gehe weiter durch die Rue Messek. Da sind all diese Häuser, die an meinen Augen vorbeiziehen. Meine Tante, die Großmutter meiner besten Freundin, mein Cousin. Manchmal blickst du aus Neugierde durch ein Fenster und siehst Leute, die am Tisch sitzen und sich totlachen. Ich lache. Ich höre sie nicht, aber es kommt mir so vor, als hörte ich die Witze trotzdem, und das bringt mich zum Lachen. Ich lache leise vor mich hin, während ich meinen nächtlichen Spaziergang fortsetze. Der Sommer ist hier dermaßen schön. Allerdings träume ich trotzdem davon, meine Sommer in Québec bei meiner Tante zu verbringen. Ich möchte das versuchen, so ein Leben in der Stadt, neue Freundinnen gewinnen, neue Leute kennenlernen. Da ist die Lust, neu anzufangen, gepaart mit der erregten Vorfreude, mein Französisch zu verbessern und in einer Stadt zu leben. Baie-Comeau kann da

[9] Zusammenziehung von »jeudi« (Donnerstag) und »vendredi« (Freitag); das sagt man, wenn man Freitag frei hat und so der Donnerstag zum letzten Arbeitstag der Woche wird. (Anm. d. Ü.)

nicht mithalten! Aber ich werde immer diese Haltung haben, zu tun und zu lassen, was mit passt, und dorthin zu gehen, wohin ich mich gerufen fühle. Danach werde ich natürlich zurückkommen. Mein Zuhause ist hier. Aber ich will die Welt entdecken. Sie hierher holen.

Es gibt dort vielleicht mehr Liebe, sage ich mir. Die weißen Familien sind allerdings nicht sehr gut darin, aber ich glaube, dass es unter den Leuten in der Stadt, in Québec, etwas mehr Liebe gibt. Da ist Shantie, deren Vater weiß ist und die sagt, dass sie dort ein Gemeinschaftsgefühl spürt, mehr als hier, unter den Innu. Und es gibt die Mitglieder anderer Nationen, wie die Atikamekw und die Cree, und ich sage mir, dass das die Vorstellung vom Reservat wohl so richtig öffnet, sie erweitert, dass es wirklich eine echte Gemeinschaft von Autochthonen wird, die sich gegenseitig helfen. Vielleicht werde ich es mir selbst anschauen müssen. Ich kenne noch so wenig. Was ich weiß, ist, dass es bei mir Zuhause keine Liebe gibt. Ich denke nicht, dass ich mich auf meinen Vater verlassen kann, selbst wenn ich es wollte. Und meine Mutter, nun, sie würde es lieber sehen, wenn ich das Dorf nicht verlasse. Zu spät. Ich weiß, wo meine Tante wohnt.

Daran hat sie nicht gedacht.

Erst einmal laufe ich zum Strand und betrachte den Himmel. Was ich gern tue, wenn meine Gedanken mich so zu bedrängen beginnen, dass ich kaum noch atmen kann. Vor allem heute Abend, wo ein stark leuchtender Halbmond die Himmelswölbung erhellt, aber dennoch den Sternen ihren Platz lässt.

Als ich, nachdem ich die Anhöhe der Uferregion hinabgestiegen bin, den Strand erreicht habe, setze ich mich auf den Sand. Die Wellen plätschern nicht weit von mir entfernt, und mich erfüllen sofort Gefühle, die ich nicht beschreiben kann. Verfügt man mit achtzehn wirklich über die Worte, um erklären zu können, was man empfindet? Ich bezweifle es, aber ich glaube, dass der Himmel und der Fluss diesbezüglich einiges zu sagen haben. Ein paar Dutzend Meter entfernt leuchtet ein Feuer auf dem Strand, hell zwischen den Schatten des Abends. Ich höre Gelächter. Es wird gefeiert. Auch das ist der Sommer in Pess. Die Feuer am Strand und das Wohlwollen der Sterne. Ich lege mich auf den Rücken, verschränke die Arme unter meinem Kopf und betrachte die Milchstraße, die hell wie das Wasser eines Bachs funkelt. Und ich fange an, auf diesem großen Ast aus glänzenden Sternen zu reisen. Vielleicht finde ich dort die Liebe.

*

Ich öffne die Augen auf eine strahlende Sonne, die mir die Netzhaut verbrennt. Ich bewege meinen Kopf ein wenig, und mein Gesicht zerbröselt zu Sand auf den Muschelschalen.

Eingeschlafen. Natürlich. Ich rappele mich mehr schlecht als recht hoch. Ich frage mich, was die anderen gedacht haben mögen, wenn sie an dieser Stelle des Strands vorbeigekommen sind. Ich stelle mir vor, dass sie über mich gelacht und sich nicht getraut haben, mich zu wecken. Und sich noch mehr über mich lustig gemacht haben. Bei diesem Gedanken spritze ich die trockenen Algen selbst mit Gelächter voll. Ich blicke mich um. Die Reste des Feuers von gestern Abend rauchen noch. Es gibt überall Spuren, wie viele sind hier gewesen? Es gibt auch diese Quads, die zu jeder Stunde des Tags und der Nacht ihre Runden drehen. Meine Augen sind noch halb geschlossen, so sehr blendet mich das Licht.

Es amüsiert mich, mir vorzustellen, dass ich ebenso tief und angenehm hier ganz allein unter freiem Himmel schlafe. Es ist eine Sechs-Uhr-Sonne, die Luft ist kühl. Ich mache mich auf den Weg in die Richtung, in der man, wenn man weit genug geht, schließlich Pointe-aux-Outardes durch die Sonnenstrahlen erkennt, die vom Wasser reflektiert werden. Von dort aus sehe ich ein Kanu am Ufer, das im Licht des Tagesgestirns leuchtet. Eine etwas verrückte Idee geht mir durch den Kopf. Ich renne zu ihm. Auf den ersten Blick sieht es gar nicht so schlecht aus. Ich gehe noch näher heran und nehme das Paddel, das darin liegt. Ich spüre einen Adrenalinschub, obwohl ich einen Augenblick zuvor noch ruhig war von meinem nächtlichen Schlaf auf einem Teppich aus braunen Algen. Ich schiebe das Boot zum Fluss und paddle so stark, wie ich kann, um mich vom Ufer zu entfernen.

Ich gleite ruhig über den See. Die Sonne brennt bereits auf alles, was sie reflektieren kann. Wie ich gehofft hatte, treibt die Strömung mein Kanu auf die offene See hinaus. Ich tauche mein Paddel weiterhin ins Wasser, um voranzukommen. Die Wellen wiegen mich immer stärker. Irgendwann versetzt mich die Wildheit des Rhythmus, den ich nicht erkenne, in Panik. Ich setze mich in die Mitte des Kanus, um das Gleichgewicht zu halten, direkt auf die gebogenen Latten. In diesem Augenblick wird das Kanu von großen Wellen geschüttelt, und das Wasser beginnt ins Boot zu dringen. Ich lege mich hin, um nicht sehen zu müssen, was in den nächsten Sekunden zu geschehen droht. Ich weiß nicht, was mich geritten hat, in dieses Kanu zu steigen. Ich beginne zu weinen. Es gab keinen Wind am Horizont, und ich fühle mich ein wenig dumm bei dem Gedanken, dass es mir nicht gelingen wird, ans Ufer zurückzukehren. Ich hatte wirklich geglaubt, ich könnte gefahrlos auf dem Wasser unterwegs sein.

Ich höre ein lautes Geplätscher und schreie. Dann Stille. Das Schaukeln hat aufgehört. Das geschieht so plötzlich, dass ich unwillkürlich einen Blick über die Wand des Kanus werfe. Ich erkenne ein Gesicht. Und nicht irgendeines.

Ein monströses Gesicht, übersät mit Hörnern in allen Längen, und Glubschaugen, die zweimal so groß wie ich sein müssen. Schwarze, mondblaue Schuppen.

In einer einzigen Schuppe kann ich Tausende von Sonnenuntergängen erkennen. Wie ganz Pessamit und seine Hundertjährigkeit, eingeprägt in eine kleine Parzelle dieser merkwürdigen Kreatur.

Ich will erneut schreien, als ich spüre, wie ein starker Hauch in meine Lungen dringt. Es ist der gigantische Atem des Tiers, das mein Haar zerzaust. Ich sehe, wie die Sonne in einer der Muscheln seiner harten Haut untergeht, wie eine Vision auf eine andere Welt. Ich wage ein paar Worte und bin überrascht, dass ich die Haltung, mit der ich für gewöhnlich Unbekannten begegne, aufgebe:

»*Uene tshin*[10]*?*«

Ich bin immer noch zerzaust vom Atem der Seeschlange. Ich weiß nicht, ob sie mir antworten wird, aber ich versuche, einen Fluchtplan zu schmieden.

»*Nin u Uteshkan-Manitush*«, erwidert sie.

Ich bin hingerissen von der Stimme dieses Wesens und seiner majestätischen Erscheinung.

»Was bedeutet das?«, frage ich.

[10] Wer bist du?

»Ich weiß, dass ihr viele von euren Erinnerungen verloren habt. Vielleicht weißt du nicht, dass ich deine Großmutter bin?«

Ich will rufen, nein, das sei alles viel zu unglaublich für mich, ich wisse ja nicht mal, wie ich nach Hause zurückkehren kann, wie soll ich da wissen, dass … und da steigt eine Kindheitserinnerung hoch, und ich blicke Uteshkan-Manitush in die Augen.

»Großmutter?«

»Ja, *nussim*[11]. Und jetzt steig auf meinen Rücken. Ich kenne den Schmerz, den du trägst. Lass mich mit dir zum Dorf gehen, und ich werde denjenigen verschlingen, der dir deine Tugend genommen hat, während du noch gar nicht wusstest, was das bedeutet.«

Und da begriff ich, was Liebe ist.

[11] Meine Enkelin.

Takuatshin

Meine Mutter, das Gewitter

Mikuen liegt auf ihrem Bett und schaut Videos auf YouTube an, als sie Geräusche auf der anderen Seite ihrer Tür hört. Auf der Uhr sieht sie, dass es eine halbe Stunde nach Mitternacht ist. Sie seufzt, dann steht sie auf, um die Tür in einem Wutanfall zu öffnen.

Sie erblickt ihre Mutter Florence im Badezimmer, bereits ein bisschen angesäuselt, die ihren Föhn vom Boden aufhebt, der ihr aus Versehen aus der Hand gefallen war.

»Mama …«

»Oh, *nituassim*, ich dachte, du wärst schon im Bett.«

Mikuen beobachtet die Ungeschicklichkeit ihrer Mutter, die gerade zweimal versucht hat, ihren Föhn wieder mit der Steckdose zu verbinden.

»Willst du mich etwa den ganzen Abend so anglotzen?«

»Das könnte ich sowieso nicht, da du ausgehst«, sagt Mikuen spitz.

»Ich geh nur nach nebenan«, verteidigt sich Florence.

Mikuen hört den eingeschalteten Fernseher und geht ins Wohnzimmer. Sie sieht zwei junge Männer, die schwarze Sweatshirts tragen und die sie nicht persönlich kennt, etwa sieben Jahre älter als sie, aber gewiss zehn Jahre jünger als Florence. Eines der Gesichter kommt ihr vertraut vor. Das junge Mädchen kramt ein paar Sekunden in ihrem Gedächtnis, bis sie sich erinnert. Das ist einer der Kerle, die sich bei der Sekundarschule herumtreiben, derjenige, der unter anderem eine ihrer Freundinnen verleitet, Pillen von ihm zu kaufen. Sie hat nie wissen wollen, um welche Drogen es sich handelt. Und sie nie bei ihr sehen wollen. Und jetzt, heute Abend …

Eine Flamme geht durch ihren ganzen Körper. Mikuen kehrt mit entschlossenem Schritt ins Badezimmer zurück.

»Mama, das ist der Kerl, der Drogen in der Schule verkauft«, sagt sie anklagend.

Florence beendet das Auftragen ihrer Wimperntusche, weicht dem Blick ihrer Tochter aus und räumt ihre Kosmetikartikel in ihren kleinen Schminkbeutel.

Mikuen geht einen Schritt auf sie zu. Florence blickt sie an.

»Du kennst diesen Jungen nicht, du kannst nicht irgendwas behaupten über jemanden, den du nicht kennst.«

»Aber es ist der, der Drogen verkauft, Mama!«

Ihre Mutter nimmt ihre Tasche und ihr Handy, um zur Tür zu gehen. Sie schiebt Mikuen zur Seite, um freie Bahn zu haben. Sie weiß sehr gut, was sich gleich wiederholen wird. Sie versucht, mit schnellem Schritt zu den Jungs im Wohnzimmer zu gehen. Mikuen folgt ihr.

»Mama, was machst du denn schon wieder, bist du es nicht müde, dauernd wegzulaufen?«

»Hör auf, Mikuen, das ist jetzt nicht der Augenblick, wir haben Besuch.«

»Hör auf, ständig auszugehen. Gib zu, dass du versucht hast wegzugehen, ohne dass ich es merke, weil du dachtest, ich würde schlafen!«

»Mikuen! *Tshepi shtun!* Hör auf! Nicht schon wieder!«

»*Tshi!*[12] hör auf, hör endlich auf auszugehen!«

Florence bedeutet den jungen Männern, dass sie bereit ist zu gehen, und nimmt ihre Jeansjacke vom Sessel und ihre Umhängetasche auf der anderen Seite des Wohnzimmers. Die Männer gehen durch die Vordertür hinaus, gefolgt von Florence, die von ihrer Tochter zurückgehalten wird.

[12] Du.

»Mikuen!«

»Ich will nicht, dass du mit diesen Kerlen gehst!«

»Mikuen, ich mach, was ich will!«, schreit Florence.

»Ich will nicht, dass du schon wieder ausgehst, ich hab's dir schon gesagt, *shash neteshpen*[13]!«

»Mikuen, *shash*[14]!«

Florence versucht, sich aus Mikuens Griff zu befreien, die ihre Mutter daran hindern will, die Schwelle zu überschreiten.

»Es nervt mich, dass du dauernd ausgehst, du bist nie da!«

Ein Kinderschrei ertönt hinter der geschlossenen Tür eines Schlafzimmers neben der Küche.

»Ich muss mich ständig allein um die anderen kümmern!«

Mikuen zieht ihre Mutter zu sich, um einen Kontakt zu haben, und blickt ihr in die Augen, um besser ihre Gedanken lesen zu können.

»*Tshiama*[15], Mikuen«, ruft Florence herrisch, »du hast mir nicht in mein Leben hineinzureden! Ich mach, was ich will!«

Sie weicht Mikuens Blick aus.

Florence wirft einen Blick nach draußen und sieht, dass die beiden Männer gegangen sind. Sie haben nicht auf sie gewartet. Sie hat das Gefühl, dass sie geflohen sind, einfach nicht Zeugen einer solchen Szene sein wollten.

Seit langem empfindet Mikuen einen Schmerz, den sie sich nicht erklären kann. Und in ihrem alltäglichen Schmerz ist ihre Mutter auf der Flucht vor etwas, das sie

[13] Ich hab es satt!
[14] Das reicht!
[15] Das reicht!

nicht sehen kann. Das sie nicht verstehen kann. Mikuen spürt eine gewaltige Wut im Bauch.

Florence stößt Mikuen ein letztes Mal von sich, um sich aus ihrem Griff zu befreien. Plötzlich ist es, als würde sich alles in Zeitlupe abspielen. Mikuen beginnt zu schreien.

»Mama, bitte bleib!«

In diesem Augenblick ertönt draußen ein Donnerschlag. Florence gelingt es mit einer Hand, sich von der ihrer Tochter zu befreien, die immer noch den Ärmel ihres T-Shirts umklammert hatte, und verlässt für einen Augenblick das Haus, um zu sehen, ob sie gehen kann. Ein sintflutartiger Regen hat eingesetzt. Und weitere Donnerschläge krachen.

Florence dreht sich zu ihrer Tochter und betrachtet ihr Gesicht:

»Du hast mir nicht zu sagen, was ich tun soll! Ich lebe mein Leben, wie ich will!«

Mikuen schluchzt. Das Baby schreit immer noch in seinem Zimmer hinter der geschlossenen Tür. Florence hebt gerade ihre Handtasche auf, die zu Boden gefallen war, als die anderen beiden Kinder, fünf und sieben Jahre alt, aus ihrem Schlafzimmer kommen.

»Mama?«, rufen sie weinend.

Florence geht schwankend zu ihnen und umarmt sie, um sie zu trösten, und fordert sie sogleich auf, wieder ins Bett zu gehen.

Mikuen, genervt von der Szene, die sie zu oft gesehen und erlebt hat, schreit mit schriller Stimme:

»Ich bin es müde mitanzusehen, dass du so tust, als würdest du ein Leben leben!«

Dann läuft sie zur Eingangstür und schlägt sie mit großem Getöse hinter sich zu.

Mikuen rennt durch den heftigen Regen. Schon ist sie bis auf die Knochen durchnässt. Sie rennt, ohne wirklich zu wissen, wo sie hin soll. Im Licht der Laternen nimmt sie die Straße, die zu einer Lichtung und zum Wald führt.

Während sie rennt, schluchzt sie so heftig, dass ihr ganzer Körper zu schmerzen beginnt. Etwas scheint aus ihrer Brust heraus zu wollen, so groß ist die Anspannung.

Im Wald regnet es immer noch, als sie plötzlich blitzartig ihren Namen hört. Mikuen dreht sich um, sieht aber nichts und niemanden in ihrer Umgebung.

»Aber ich habe doch meinen Namen gehört!«

Sie geht weiter auf dem Pfad, wo der Schlamm das Gehen mühsam macht. Ein zweites Dröhnen, in dem ihr Name ertönt.

Sie dreht sich erneut um und blickt in alle Richtungen, ohne irgendetwas oder irgendjemanden zu sehen.

Verärgert ruft sie:

»Wer ruft mich da?«

Als Antwort wird die junge Dickköpfige von einem lauten Stromschlag niedergeworfen. Sie stürzt zu Boden.

»*Fuck!*«, ruft sie, schlammbedeckt. »*Fuck*, was geht hier vor?!«

Als sie aufblickt, sieht sie eine Gestalt im wütenden Regen. Sie steht auf und schickt sich an zu fliehen, als sie erneut ihren Vornamen hört.

»Mikuen …«

Mikuen erblickt ein Gesicht durch die Tropfen. Sie bemerkt, dass der Regen immer mehr den Raum eines Körpers füllt, der unsichtbar vor ihren Augen ist und dann zu ihrer großen Überraschung, die sie beinahe vor Verblüffung in Ohnmacht fallen lässt, ein Körper aus Wasser und dann eine Frau wird.

»Mikuen, *apu ui shetshitan*, ich wollte dir keine Angst machen«, beginnt eine ätherische Stimme.

Mikuen erstarrt. Der Regen lässt etwas nach, und auch sie fühlt sich plötzlich ein wenig ruhiger. Die Anwesenheit dieses unglaublichen Wesens schafft Frieden um sie herum, der auch sie erfasst. In ihr findet ein Wandel statt, wie ein neuer Zyklus des Flusses, der von heftigen Winden außerhalb der Saison ausgelöst wird.

Ohne nachzudenken, sagt Mikuen:

»Wenn ich doch eine Mutter haben könnte, die so friedlich ist …«

»Mikuen, ich bin dieser Teil deiner Mutter, derjenige, der in ihren schmerzlichen Erinnerungen eingeschlossen ist.«

Das junge Mädchen kann nicht glauben, was sie hört. Erneut wird alles langsamer.

»Mikuen, kennst du deine Geschichte?«

»Welche?«

»Weißt du, was deiner Gemeinschaft angetan wurde?«

»Nein.«

»Leute sind hergekommen, um die Kinder zu holen, um sie woanders hinzubringen. An diesem Anderswo wollte man die Seele der Kinder stehlen. Viele haben überlebt, aber wie viele sind nie zurückgekehrt? Bei manchen ist die Seele in tausend Stücke zerbrochen. Ich bin eines dieser winzigen Stücke der Seele deiner Mutter, die sie nicht wiedergefunden hat. Seitdem haben viele Dinge meinen Platz eingenommen. Sie hat auch nie erfahren, dass mehrere Teile in ihr fehlen. Ich habe mehrmals versucht, die anderen Teile von uns wiederzugewinnen, ohne Erfolg. Wir können nicht zurückkommen, wenn sie uns nicht ruft. Also bin ich hier, im Wald, und warte darauf, dass ich eines Tages das Herz deiner Mutter wiederfinden kann. Ich wollte, dass du das weißt.«

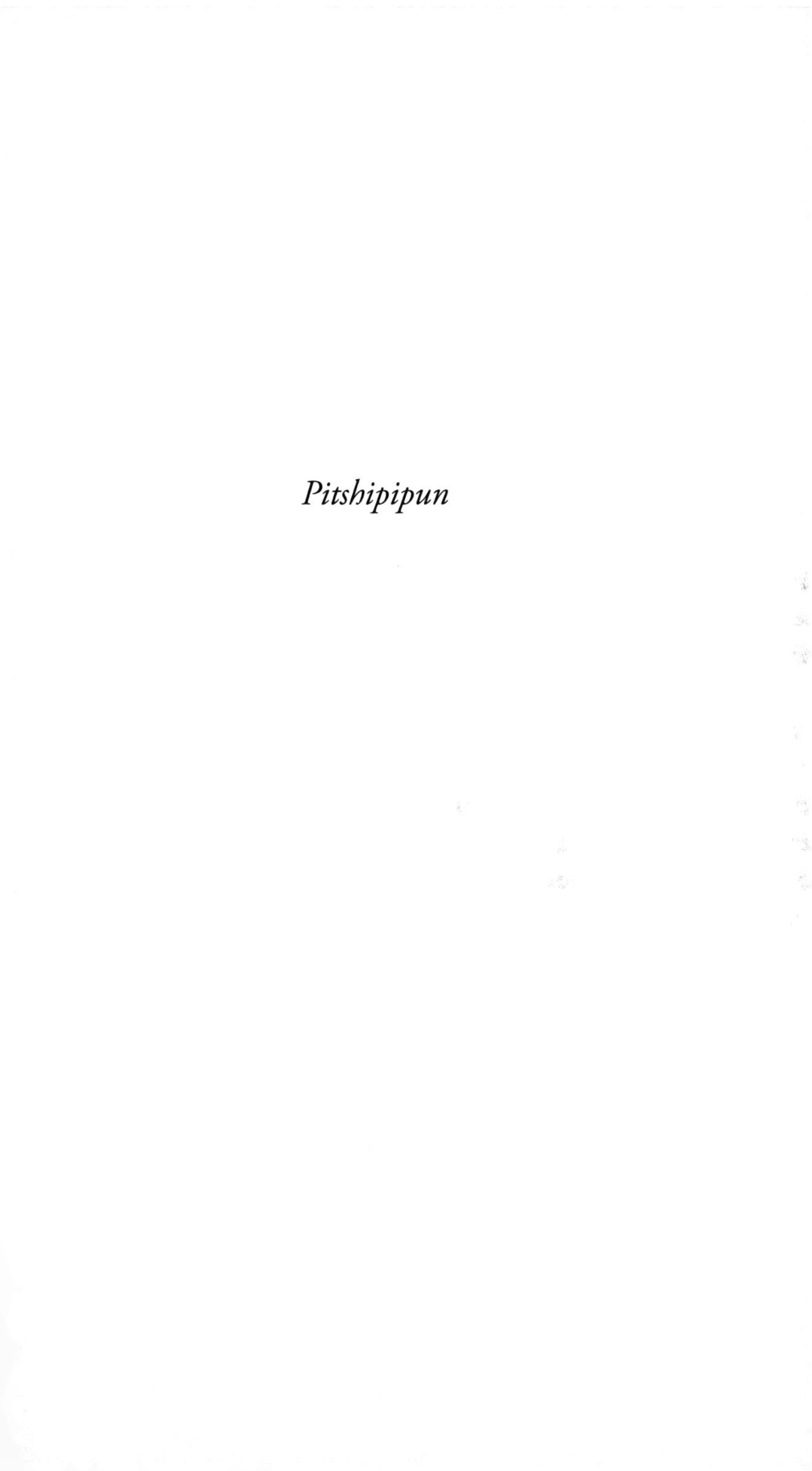

Pitshipipun

Den Weg zurückgehen

Shushep setzt sich auf seinen großen Stuhl aus Eichenholz, der vor dem Fenster seines Zimmers steht. Mit seinen 1 Meter 92 und der verblüffenden Breite seiner Schultern wirkt er riesig, und sein Sitz scheint zu klein für ihn zu sein. Und doch sitzt er gut darin, den Blick auf seine Hände mit den kräftigen Adern gerichtet, und das Ticken der Uhr brennt das Licht des Himmels auf seine Haut.

Von einem kleinen Tisch zu seiner Linken nimmt Shushep einen durch die Zeit gealterten Gegenstand, der aussieht wie ein Knochen mit verbrannten Enden. Er dreht ihn zwischen seinen Fingern und mustert seine Form, seine Kanten, seine Beschaffenheit.

Shushep dreht sich erneut zu seinem kleinen Tisch und greift mit einer Hand nach einem Päckchen Zigaretten; mit einem einzigen, viele Male wiederholten und zur Gewohnheit gewordenen Handgriff öffnet er nur mit Mittelfinger, Zeigefinger und Daumen das Päckchen und nimmt eine Zigarette heraus, die er in den Mund steckt, bevor er das Päckchen wieder auf das Tischchen legt. Bald breiten sich Rauchschwaden in der Luft über seinem Kopf aus und bilden eine Art weißer Krone, wie eine seltsame Aura, die seine Person umgibt. Niemand könnte sich ihm jetzt nähern. Der Rauch schützt ihn.

Der alte siebzigjährige Innu denkt nach. Ohne seine Zigarette mit den Händen zu berühren, raucht er weiter und stimmt zugleich eine Litanei an in einem Gemurmel, das nicht zu verstehen ist, so alt ist die Sprache. Älter als das Innu-aimun.

Die Zeit scheint stillzustehen. Auch er wagt nichts mehr zu sagen.

Dann Gesang. Ein fast stummer Gesang breitet sich aus, ertönt, obwohl so gut wie kein Ton aus Shushephs Mund dringt.

*

Mashkuss war vielleicht sechs, als er beobachten konnte, wie sein Großvater dieses Stück eines Elchknochens nahm und mehrmals in seinen Händen hin und her drehte, um es gründlich zu betrachten. Denn er versuchte immer noch, die Streifen zu entziffern, die er auf der Oberfläche des Gegenstands wahrnahm. Mashkuss konnte nicht die volle Bedeutung dieser Situation begreifen, aber das Geheimnis dieses Augenblicks hatte ihn veranlasst, den Blick auf diesen Riesen gerichtet zu lassen, der vollkommen versunken war in das Studium seines Fundes, der aus seiner Jugend stammte.

*

Der junge Mann rennt zwischen den Bäumen und ist völlig außer Atem. Er hat das Gefühl, keine Luft zu bekommen, aber er kann hier, jetzt nicht anhalten. Er hat einen Pfad mit ein wenig Sand in diesem Wald mit grünem Torf gefunden, auch wenn es eher das Moos ist, das ihm diese Farbe verleiht. Das Moos, das von den Fichten gefallen ist und in unvordenklicher Zeit der Bart seines Großvaters gewesen war.

Ein großer, halb verrotteter Baumstamm lässt ihn straucheln. Er sieht nicht mehr, was sich ihm in die Quere stellt. Er versucht aufzustehen, aber er hat sich den Knöchel verstaucht, als er über den Baumstamm stolperte. Er wirft einen Blick hinter sich. In der Dämmerung kann er nichts erkennen, hört aber das Tier zwischen den Pflanzen auf sich zu kommen.

Mashkuss erhebt sich augenblicklich. Hinkend setzt er seinen Weg fort. Nach einer Weile kehrt sein Fuß in seine Position zurück, obwohl er bei jedem Schritt einen stechenden Schmerz verspürt.

Ein paar Atemzüge später taucht es ohne Vorwarnung vor ihm auf, das Tier, vor dem er flieht.

Mashkuss stürzt zu Boden und gleitet zwischen die Triebe der Flechten.

Das Tier kommt näher, beugt sich über ihn. Mashkuss schließt die Augen, überzeugt, dass er jeden Augenblick verschlungen wird. Er spürt den Atem des Kolosses, die kurze Schnauze schnüffelt an seinen Haaren. Der junge Mann versucht, so gut es geht, seinen keuchenden Atem anzuhalten. Dann hört er eine Stimme, die brüllt:

»Ah! Ich dachte, es wäre ein anderer. Tut mir leid.«

Mashkuss hört, wie das Tier sich entfernt, wobei jeder seiner Schritte eine Erschütterung unter seinen Füßen auslöst. Verblüfft von dem, was er gerade gehört hat, dreht er sich zu ihm um, und der Schweiß tropft ihm von der Stirn.

»Hey! Wie ›ich dachte, es wäre ein anderer‹?!«

Mashkuss ist nicht auf den Mund gefallen, aber an dem Tag hätte er sich gewünscht, ihn ganz einfach gehalten zu haben.

Das Ungeheuer dreht sich auf den Ruf des Dreißigjährigen hin nicht sofort um. Mashkuss rappelt sich mühsam hoch. Obwohl er immer noch zittert, weil er einen Riesenschiss hat und ewig lang gerannt war auf der Flucht vor diesem ungestümen Wesen, sucht er einen schweren Felsen, um ihn nach ihm zu werfen.

»Hey! Ich habe hey gesagt!«

Den Rücken gekrümmt durch seine Größe und seine Neigung, auf allen vieren zu gehen, kehrt das riesige Tier langsam zu Mashkuss zurück. Dieser hat die Gelegenheit, diesen Koloss mit zugleich braunem und schwarzem Fell einen Augenblick lang zu betrachten, weil der Mond endlich zwischen den Wipfeln hervorgekommen ist und auf seinem Haar schimmert. Man könnte ihn für einen Bären halten. Allerdings unterscheidet sich sein Körper doch allzu sehr von dem eines Tiers aus der Familie der Bären, zumindest nach Kenntnis von Mashkuss, abgesehen von seinen vier behaarten Tatzen, deren Klauen schärfer sind als die Jagdmesser seiner Onkel, die immer noch nach ihm suchen dürften.

»Wer bist du?!«, schreit Mashkuss.

Der Koloss setzt seinen langsamen Marsch fort und verschwindet in der Dämmerung.

Nur wenige Sekunden nach diesem Vorfall, der dem jungen Mann die Sprache verschlagen hat, erreichen die drei Onkel die Lichtung, auf der er sich befindet. Im Licht der Campingtaschenlampen, die jeder von ihnen in der Hand hält, erkennt Mashkuss keinerlei Spuren von seiner Begegnung im Sand des Pfads.

*

Seine Onkel bringen ihn ins Lager zurück, das von dem Ungeheuer verwüstet worden ist. Jeder der Innu bemüht sich, einzusammeln, was er kann, und das zusammengebrochene Zelt wieder aufzustellen, bevor es dafür zu dunkel ist.

Mashkuss verbindet seinen verletzten Knöchel mehr schlecht als recht mit einem dicken Stoff, den er in den Trümmern gefunden hat.

Er wendet sich an seine Onkel.

»Was war das für ein Tier?«

Plashue, der Älteste der drei, wirft einen raschen Blick auf Éric, den jüngsten der Brüder. Mashkuss bemerkt es und sieht in seinem Blickfeld die Reaktion von Paul, der sofort wieder beginnt, die Biberfelle zu zählen, die er tags zuvor bearbeitet hat.

»Hört auf damit, was habt ihr mir zu sagen!?«

Das Schweigen zieht sich hin, bis Paul einen Gegenstand hochhebt, der zwischen den Fellen lag.

»Plashue, *check* das.«

Der ältere Bruder geht zu dem jüngeren.

»Ich dachte, das wäre Großvaters Knochen, aber jetzt … ist er aus Holz«, fügt Paul überaus beunruhigt hinzu.

Mashkuss lauert auf ein Zeichen von Plashue, der ein lastendes Schweigen bewahrt, das er anscheinend um keinen Preis brechen will. Plashue runzelt die Stirn.

»Kuekuatsheu hat ihn genommen. Das hat er gesucht«, murmelt er, nachdem er seine Worte lange im Mund hin und her bewegt hat.

»Kuekuatsheu?«, denkt Mashkuss.

»Ich weiß nicht, wer das ist, aber ich würde gern verstehen, warum ihr alle so niedergeschlagen wirkt!«, sagt Mashkuss zu seinen Onkeln.

»Mashk!«

Plashues Stimme klingt ernst. Niemand nennt ihn bei diesem Spitznamen. Man sagt stets von ihm, dass er nicht genug Mann sei, um den Namen eines reifen Bären zu verdienen. Mashkuss hält den finsteren Blick seines Onkels aus.

»Kennst du deine Legenden nicht, mein Junge?«

Plashues Ton ist hart. Er wendet sich einer Holztruhe zu, die er eigenhändig gefertigt hat. Er öffnet sie, um eine 12 herauszunehmen.

»Plashue, was willst du tun?«, fragt Éric ihn.

»Kuekuatsheu hat uns unser Essen weggenommen und dann ist er mit einem für Shushep wichtigen Gegenstand verschwunden. Wir können ihn nicht einfach so gehen lassen«, befiehlt Plashue und lädt seinen Karabiner.

»Aber es ist dunkel!«

»Ich habe gehört, dass es da, wo Kuekuatsheu wohnt, Licht gibt.«

Plashue geht sofort in den Wald hinein, während Éric ihm mit seinem Gewehr, das er unter seinem eingestürzten Zelt hervorgeholt hat, auf den Fersen folgt. Paul holt rasch seines und greift nach dem seines Neffen. Er wirft es Mashkuss zu.

»Du wirst es brauchen, *Aweye*, komm.

Mashkuss wirft einen letzten Blick auf ihr von dem Koloss verwüstetes Lager, dann folgt er seinen Onkeln, so gut er kann, den rechten Fuß mit seinem notdürftigen Verband bedeckt.

Sie brauchen nicht mehr als drei Stunden, um endlich auf Kuekuatsheus Lager zu stoßen. Indem sie dem Essensgeruch folgen, den sie an einem See wahrgenommen haben, haben sie schließlich das Zelt des bärenähnlichen Tiers erreicht.

Die vier Männer verstecken sich hinter einem Busch ein paar Meter entfernt im Gras. Mashkuss, der ihnen während ihres nächtlichen Marsches brav gefolgt ist, nur mit ein paar Tropfen Wasser zum Trinken und immer größerem Hunger, ist plötzlich gebannt von der Entdeckung der Unterkunft eines missgestalteten und unglaublichen Tiers, dessen Bekanntschaft er heute gemacht hat.

»Plashue …«, flüstert er unter den Blättern seinem Onkel zu, demjenigen, den er als Kind immer für zu vernünftig gehalten hatte und der jetzt ganz besonnen auf das reagiert, was Mashkuss für ein übernatürliches Ereignis hält.

Plashue runzelt als Antwort die Stirn.

»Warum hast du die Legenden erwähnt?«, fragt Mashkuss leise in der klaren Nacht.

Éric und Paul haben ihren Bruder nie wirklich über etwas sprechen hören, das mit den alten Glaubensüberzeugungen verbunden sein könnte, auch wenn sie sich alle drei seit ihrer Jugend dafür interessieren. Sie nähern sich behutsam, indem sie zu ihrem Bruder und ihrem Neffen kriechen.

»Wenn dein Großvater mir seine Geschichten erzählte, waren das nie Legenden. Er erzählte mir wahre Geschichten.«

In dem Augenblick sehen sie Kuekuatsheu, der trotz seiner Größe von etwa zwei Metern fünfzig mühelos aus seinem Zelt tritt, das eher die Höhe der Innu zu haben scheint. Weitere Tiere kommen ebenfalls aus Kuekuatsheus Zelt oder einem anderen, kleineren, direkt daneben.

Plashue fährt fort.

»Ich habe ihn schon gesehen, als ich klein war. Dein *mushum* hat mir später oft von ihm erzählt … Ich hatte Albträume wegen dieses Tiers … Ich konnte Großvater nicht mehr zuhören. In der Schule war es ein Märchen wie alle anderen. Aber da ich mich an sein Brüllen erinnerte, hatte ich Angst. Heute habe ich die Chance, ihm zu zeigen, dass ich ihn nicht mehr fürchte.«

Mashkuss denkt nach, ohne zu antworten. Er betrachtet Kuekuatsheu einen Augenblick. Dieser macht so viel Lärm, dass alle Vögel über seine Ankunft erschrecken und verschwinden.

»Kuekuatsheu!«

Der Koloss fackelt nicht lange, um herauszufinden, woher der Schrei kommt.

»Mashkuss! *Tshin a né*[16]?!«, fragt er.

»Ich verstehe kein Innu, Kukueikuei, du musst schon Französisch mit mir sprechen, wie du es vorher getan hast!«

»Was ist das für eine Frechheit?«, denkt Kuekuatsheu.

»Ich sagte …«, murrt der riesige Bär, »ich sagte … bist du das, mein Junge?«

»Ich bin nicht dein Junge.«

»Ah, alle Innu-Kinder sind meine Kinder, Mashkuss.«

»Ich weiß nicht, wie das möglich wäre.«

Kuekuatsheu verdreht die Augen. Verärgert über die Arroganz von Shusheps Neffen, beginnt er eine Bewegung, um sich umzudrehen und zum Eingang seines Zelts zu gehen. In dem Augenblick hört er Schritte näherkommen und schließlich einen Schrei.

Das sind Plashue, Éric und Paul, die auftauchen und versuchen, ihn in die Flucht zu schlagen, um ihren enttäuschten Neffen zurückzubekommen. Kuekuatsheu wird wütend. Seine Stimme grollt wie ein Donnerschlag.

»Ihr habt nie dafür gesorgt, dass euer Neffe seine Sprache spricht!«

»Wir müssen dir nicht antworten, du Monster!«, schreit Paul, eingeschüchtert von dem Tier, und richtet sein Gewehr direkt auf ihn.

»Paul!«, brüllt Plashue.

»Ihr macht mir keine Angst, ihr Wichtel. Da habe ich schon ganz andere gesehen. Hey, ihr werdet wieder an meine Tür klopfen … wenn ihr die Sprache sprecht, die ich spreche.«

[16] Bist du das?!

Ein Schuss hallt durch die Luft. Alle halten den Atem an, genau wie Kuekuatsheu.

Dieses Geräusch macht den Bären sehr aggressiv. Er fletscht plötzlich seine Zähne in ihre Richtung und versucht den Schuldigen zu finden.

»Ich habe keine Angst!«, sagt Éric. »Ich habe keine Angst!«

Und der Jüngste der drei Brüder tritt einen Schritt vor und läuft zu Kuekuatsheus Zelt. Dieser rennt ebenfalls darauf zu, mit einer Geschwindigkeit, die diejenige von Éric übertrifft. Die drei anderen Männer schreien und versuchen zu verstehen, was er zu tun versucht, als sie ihn in das Zelt treten sehen. Sie folgen ihm. Im Zelt sehen sie mehrere Räume, mit Wänden aus demselben Stoff wie die Außenwände, und dieses Spiel der optischen Täuschungen verblüfft sie.

Éric sucht mit unglaublicher Geschwindigkeit unter den Decken nach einen bestimmten Gegenstand, dem wichtigsten von allen. Die anderen erraten es, außer Mashkuss, der für einen Augenblick den Atem anhält und plötzlich das Gefühl hat, dass das alles vielleicht nur ein Traum ist.

Plashue nähert sich ihm und schlägt ihm ins Gesicht.

»Nein, Mashkuss, du träumst nicht. *Aweye*, such einen Elchknochen!«

Der junge Mann sieht, wie seine drei Onkel, die alle verschieden groß sind, in allen Ecken und allen möglichen Verstecken in Kuekuatsheus Unterkunft suchen, während der Koloss mit erschreckender Wendigkeit einen von ihnen zu Boden stößt, um im nächsten Augenblick einen anderen zu kratzen und dann in das Hemd des dritten zu beißen, um ihn daran zu hindern, in eine Ecke des Eingangs seines alles in allem gemütlichen Heims zu gehen, wo sich nur ein Haufen noch frischer Tannenzweige befindet.

Mashkuss ahnt, dass der Elchknochen sich dort befindet.

Er holt aus seiner hinteren Tasche ein Stück Holz, das dem Knochen ähnelt und das sein Onkel Paul ihm mit einem Augenzwinkern gegeben hatte, während er seinen Karabiner wieder lud, und sucht augenblicklich unter den Tannenzweigen, um den echten Elchknochen unter seiner Hand zu spüren, und dann tauscht er ihn aus, bevor er aus der Eingangstür des verblüffenden Zelts rennt.

Draußen rennt er weiter zum Wald und lässt seine drei Onkel in den Händen von Kuekuatsheu zurück, wobei er sich wünscht, dass sie gesund und wohlbehalten davonkommen.

Es bleibt ihm keine Zeit, diesen Gedanken zu Ende zu denken, denn er spürt, wie eine starke Hand ihn an der Schulter packt, seinen Pullover zerreißt und ihn in den Sand neben dem Lagerfeuer des Bären schleudert. Kuekuatsheu brüllt diesmal noch lauter, so laut, dass man sein Echo in der Ferne am Himmel hört.

»Das reicht!«

Kuekuatsheus Worte durchbohren die Luft. Es liegt keine Wut mehr in diesen Silben, sondern eher, so scheint es, eine Klage.

»Alles ist winzig heute. Früher bevölkerten so viele riesige Tiere diesen Wald. Mehrere von uns sind verschwunden, getötet von den einen, ausgebeutet von den anderen. Die Innuat sprechen nicht mehr ihre Sprache, oder zumindest hört man sie nicht mehr unter unsere Zweige kommen, um sie zu sprechen. Vor langer Zeit teilten wir dieselbe. Diese ist verschwunden mit der letzten Generation derer, die sie gekannt hatten, den Ahnen eurer Ahnen. Eure, ja, sie verschwinden heute einer nach dem anderen. Man sieht sie nicht mehr, man hört sie uns nicht mehr suchen. Früher, bis zu der Zeit deines Großvaters, meinem Sohn, waren unsere Welten sich nahe, und man konnte die Grenze überqueren. Heute verlieren wir uns in den Zirkularitäten dieses Territoriums, das einst unser Lehrer und uns ebenbürtig war. Ich bin zum Wächter dieser Gebiete bestellt, aber ich kann nicht weiter als bis zu Pipmuakan, meinem Sohn, hinabsteigen, weil ich sonst aus dem Blickfeld der Lebenden verschwinden würde. Ich will das nicht, ich will das Vergessen nicht, das die Grenzen unserer Welten auslöscht. Zu versuchen, euch zu rufen, hat mich erschöpft. Ich weiß nicht mehr, welche Sprache ich benutzen soll. Ich wiederhole, eure Großeltern verlassen euch, und wir sehen sie nicht mehr. Wo sind die Erzählungen, die wir ihnen gegeben haben? Ich höre niemanden, der sie der nachfolgenden Generation erzählt, damit diese sich in ihnen wiegen und die Welt erkennen kann, in der wir uns seit Urzeiten bewegen. Was hat dein Großvater dir weitergeben können? An welche Grenzen ist er gestoßen, die ihn daran hinderten, dir alles zu geben, was du über die Welt unserer Vorfahren wissen musst? Der Planet könnte sterben, wenn wir nichts mehr von all dem erzählen können, was er uns seit unvordenklichen Zeiten erzählt hat, seit seinem ersten Gebrabbel, seit seinen ersten Erinnerungen. Menschen und Tiere, die Pflanzen, die Lebewesen auf der Erde, im Wasser, in der Luft, alle Lebewesen teilen sich sein Gedächtnis. Was sind wir ohne es? Nur Körper. Selbst das Opfer der Jagd hat seinen Sinn verloren. Wozu noch?

Dieser Knochen gehört dir, Mashk. Ich habe ihn deinem Großvater gegeben, damit du ihn erbst, damit du mich findest. Deine Onkel haben versucht, ihn zu benutzen, um in der Erde nach ihren Ressourcen zu suchen. In der Nacht in ein brennendes Feuer gelegt, erlaubt dieser Knochen, das Territorium zu durchsuchen.

Er war eher dafür gedacht, mich zu finden. Kehr nach Hause zurück. Und wenn du mich brauchst, weißt du, wo du mich findest.«

Kapipuntshet

Es ist Mitternacht

Als zum ersten Mal ein Schatten sich mir genähert hat, habe ich geschrien. Ich hatte das Gefühl eines Atems, des Unsichtbaren auf meiner Haut nicht gekannt. Und auch nicht ihre Berührung, wenn man vor sich nichts sieht. Geräusche klirrten im Blau des Abends und wiederholten sich dann am nächsten Tag, gegen Mittag. Ich hatte Mühe, meine Ruhe zu bewahren. Ich spürte das Gehen von Körpern, nicht wahrnehmbar auf den ersten Blick. Aber mit der Zeit verstand ich. Ich verstand, wie ich ihre Ankunft vorhersagen konnte, bevor sie da sind.

Es ist wie der Marsch der Nadelhölzer im Wald. Nach zahlreichen Reisen in den Norden lernte ich auch, sie zu hören. Wie sie einen Fuß vor den anderen setzen oder, besser, eine ihrer hundertjährigen Wurzeln, kräftig und dick, vor die andere, um sich zu falten und dadurch die Erde um sie herum aufzufalten. Und all das Summen, das ertönt, ist in meinen Beinen bis hinauf zu meinem Nacken. Meine Haare richten sich auf, wenn diese Vibrationen sich bemerkbar machen. Meine Poren sind bewegt, anschließend ruhen meine Lider sich aufeinander aus wie in einem Traum. Aber es ist kein Traum.

Es ist nichts mehr davon übrig.

Wenn sich die Äste mit all ihren Blättern zum Boden neigen und sich sofort wieder aufrichten und ihr Grün summen lassen, obwohl es keinen Wind gegeben hatte, dann weiß ich, dass jemand vorbeigegangen ist.

Wenn ein Funkeln im Augenwinkel zu sehen ist und ich mich in genau diese Richtung umdrehe, ist da zunächst einmal nichts für die wachen Augen. Dann erscheint ein kleines Eichhörnchen auf der Suche nach seiner Mama. Ich erinnere mich an dasjenige, das wir gefunden hatten, meine Mutter und ich, nachdem wir mit dem Rasenmäher das hohe Gras gemäht hatten. Es war so benommen, dass ich es sofort adoptiert und bis zum letzten Atemzug in meinen Händen gehalten hatte. Ich hatte so sehr geweint.

Wenn ich auf einem Umweg in den Wald gehe, fangen, selbst wenn ich nur die riesigen Hummeln vor mir davonfliegen sehe und ich mich zurückhalte, in die andere Richtung zu laufen, alle Laubbäume in einer einzigen gemeinsamen Bewegung an, einen Tanz zu tanzen, den ich nicht kenne.

Und wenn es Nacht wird, ziehe ich alle Vorhänge zu, damit man mich in Ruhe lässt. Selbst mitten im Nirgendwo höre ich Schritte und den Atem der Kreaturen.

Shushep würde mir sagen, ich solle aufhören, Angst zu haben, und das Unsichtbare zähmen. Ich möchte, dass er weiß, dass ich keine Erfahrung mit einem Leben auf dem Territorium habe und dass ich daher kein Vertrauen habe.

Ich habe kein Vertrauen.

Das ist der Hauptgrund für alles. Für alles. Das Fundament, das mir fehlt, das sich mir jedes Mal entzieht, wenn ich einen Schritt in seine Richtung mache. Das Vertrauen. Dieses Wort, das für die Weißen wie ein Gedicht klingt und das doch nie Teil der Dichtung ist, die sie schreiben.

»Überleben« auch nicht.

Das Territorium ruft mich, ich habe weder Vertrauen zu ihm noch in mich. Sie ist rein hypothetisch, die Sache, die die Weißen immer in den Gebieten gesucht haben. Indem sie die Bäume entwurzelten, die Erde umgruben, die Fische und Karibus ertränkten. Der verborgene Schatz. Das Vertrauen. Sie haben es nie gefunden. Es entzieht sich unserem Zugriff. Macht sich davon, unter unseren Schritten.

Es ist dort irgendwo und wartet sicher auf uns. Wartet auf mich. In der Zwischenzeit haben wir Angst auszugehen, wir haben Angst zu reden, wir haben Angst zu tanzen. Wir haben Angst, unsere Sprache zu sprechen.

Das zu benennen ist noch schwieriger. Es ist eine übermenschliche Anstrengung, die Angst zu überwinden.

Meist haben wir kein Vertrauen in uns selbst.

Wir müssen auf das Territorium zurückkehren, um es zu schöpfen, um an seinem Bach zu trinken.

Ohne es zu wissen, ist es die gleiche Schwachstelle, die uns dazu bringt, den anderen etwas antun zu wollen, ihnen zu zeigen, wer der Stärkste ist, der Intelligenteste, der Hinterhältigste. Das Vertrauen hilft uns, die Gemeinschaft aufzubauen, wenn es fehlt, zerstören wir uns. Die Besonderheit der Internate war, unser Vertrauen zu zerstören.

Wir leiden unter Knappheit. Hatten unsere Vorfahren sie kommen sehen? Früher wurden die Zeiten der Knappheit vorhergesagt. Man wusste, wann sie kommen würden. Wenn es uns am Wesentlichen fehlt, werden die anderen zu einer Bedrohung für unser Überleben. Die Unseren. Sie haben ganze Arbeit geleistet, diejenigen, die die Internate, die Stammesräte, die Reservate erfunden haben.

Um zusammen zu sein, muss man Vertrauen haben.

Ich habe kein Vertrauen in mich selbst. Absolut keines, jeden Tag. Ich ziehe es vor, mich aus meiner Gemeinschaft zurückzuziehen, fernzubleiben, aus der Ferne zuzuschauen.

Ich habe Angst vor den anderen. Ich habe Angst vor den Meinen.

Das ist auch eine Folge des Kolonialismus.

Es ist Mitternacht im Zelt. In den Sternen gibt es keine Zeitangabe.

Das Territorium singt, während ich hier allein bin und mich vor seinen Ständchen verstecke.

»Shatshitun?«

Vor langer Zeit hat eine Großmutter mir gesagt, ich solle nicht den kleinen Wesen folgen, die uns in der Nacht rufen. Sie sind es, die heute Abend meinen Namen singen. Ich öffne die Tür, um ihnen zu folgen, dank der kleinen Lichtstreifen, die sie zurücklassen.

Wenn wir ihnen nicht mehr folgen, wer wird es dann tun? Wer wird den Weg zum Wissen erkennen? Wenn wir, die Kinder der Erde, uns nicht mehr trauen, den Geistern unserer Wälder zu antworten, wer kann dann den nachfolgenden Generationen weitergeben, was den Körper und den Geist unserer Vorfahren bewohnt hat?

Ich habe viel zu wenig Vertrauen in mich, um das zu schaffen. Um ganz nach oben zu gehen, in den Norden.

Währenddessen lässt der Winter immer länger auf sich warten. Von Jahr zu Jahr.

Während ich mich neu finde, schmelzen die Gletscher.

Und die Legenden mit ihnen.

Aber heute Abend werde ich den Memekueshut folgen.

Ich werde ihre Sprache lernen.

Für den Anfang.

Pipun

Ein Lichtschimmer am Himmel

In den weißen Nächten sieht die Dunkelheit ihre schwarze Materie belebt von zarten, stummen blauen Lichtern. Sie schweben sanft zwischen Himmel und Erde, Winterglühwürmchen. Sie steigen vom Boden auf, immer in Wellen, wie es scheint, um die Decke des Himmels zu suchen. Manchmal verschwinden einige, andere füllen erneut den Raum, dann nichts mehr.

Jede Nacht die gleiche Geschichte, dann, wenn alle schlafen.

In einem Chalet fünfundzwanzig Kilometer nördlich der Gemeinde ist Pien von einem Drang zu pissen aufgewacht, obwohl er erst vor kurzem eingeschlafen war, nachdem er und seine Freunde bis spät gefeiert hatten. Nach den Witzen ohne Ende, über die sie sich totgelacht hatten, war jeder in sein Bett gegangen, immer noch mit einem Lachen im Bauch. Er bemerkt die Uhrzeit auf der Küchenuhr: halb fünf. Er sagt sich, dass es noch früh ist, dass er nur sehr wenig geschlafen hat. Er wird sich wieder hinlegen. Aber erstmal nach draußen. Dieses Chalet hat sein Partner Philippe eigenhändig gebaut, der mit achtzehn angefangen hat, im Haushaltswarengeschäft zu arbeiten, nicht nur um eine feste Arbeit zu haben, sondern auch, um am Arbeitsplatz die Geheimnisse des Schreinerns und Tischlerns zu lernen, indem er den anderen dabei zuschaute, wie sie Häuser bauten. Als er sich bereit fühlte, hatte er sich, nachdem er genügend Geld beisammen hatte, alles besorgt, was er brauchte, um sein Chalet im Wald zu bauen. Sein Jugendtraum. Natürlich hatte er Hilfe von einigen seiner Freunde bekommen, die die nötige Erfahrung hatten. Anschließend waren die Abende am Feuer nicht ausgeblieben, und im

Laufe der Jahre füllten die schönen Erinnerungen die Oberfläche der Kühlschranktür im Haus, mit all der Nostalgie, die die Kodakfotos verwahren.

Pien geht bei minus fünfzehn Grad Celsius hinaus, die Temperatur scheint ihm nichts auszumachen. Heute Abend erhellt der Vollmond den Himmel, und man kann die ganze Umgebung mit bloßem Auge erkennen. Bis zu den Bergen direkt im Norden.

Während er sich unweit des Häuschens erleichtert, überlegt er, sich eine Zigarette anzuzünden. Diese klare Sicht in der Nacht, ein Geschenk des Mondes, ist einfach zu schön, man muss sie genießen, bevor sich die Kälte zu sehr auf seinem Körper bemerkbar macht. Auch das ist das Leben im Wald. Man gewöhnt sich an die Minusgrade im Winter, ebenso wie an den Schnee, der die Lichtungen, die Seen und die Pfade bedeckt, die die Motorschlitten gezeichnet haben.

Er zündet seinen Glimmstängel an. Einen Augenblick betrachtet er den Rauch, der langsam seine Kreise in der Luft zieht. Manchmal kommt es ihm so vor, als würde die Kälte ihn verlangsamen. Erneut betrachtet er die Farbe des Himmels. Ein Königsblau, das es so nur im Norden Québecs gibt, mit so schönen, strahlenden Diamanten am Firmament.

Pien hört einen Motorschlitten in der Ferne. Er dreht sich zu dem Pfad, den ihre Fahrzeuge gebahnt haben.

»Um diese Zeit?«, denkt er sich und fragt sich, wer sich hierher verirren könnte. Vielleicht ein nächtlicher Abenteurer, der sich verfahren hat und dem Weg gefolgt ist, den er gefunden hat.

Dann hört er Stimmen, und Schreie. Er kann nicht verstehen, was sie sagen. Er geht in ihre Richtung. Sie sind drei auf einem einzigen Motorschlitten und scheinen in höchster Panik zu sein.

»Hey!«

Pien versucht, ihnen zu befehlen, mit diesem Lärm aufzuhören, während seine Freunde im Chalet tief schlafen.

Der Motorschlitten nähert sich mit voller Geschwindigkeit, und der Fahrer bringt ihn abrupt zum Stehen. Einer von ihnen rennt auf Pien zu und klammert sich sofort an ihn.

Pien erkennt einen Jungen aus der Nachbarstraße in Pessamit.

»Max? Was ist denn mit dir los?«

»Pien! Pien! Wir haben was am Himmel gesehen, es war groß und super hell, und dann ist es auf uns herabgekommen. Ah!«

»Wo wart ihr denn? Und wann habt ihr das gesehen?«

»Wir waren in meinem Lager«, ertönt die Stimme des Fahrers, den Pien kaum erkennen kann mit seinem Nackenwärmer, der bis zur Nase hochgezogen ist, und seiner Wollmütze, die Stirn und Augenbrauen bedeckt.

»Und was habt ihr gemacht?«, fragt Pien.

Dass er einen Augenblick um sein Leben gefürchtet hat, versetzt Max immer noch in Panik. Der dritte Mann wirkt stumm vor Verblüffung. Pien möchte ihn befragen.

»Und du, was hast du gesehen?«

»Mein Großvater hat mir gesagt, dass er das schon mal gesehen hatte«, erwidert er.

Pien flüstert tröstende Sätze über Max' Schulter, um zu versuchen, ihn zu trösten, und ihm zu helfen, langsamer zu atmen.

»Außerdem machte es ein dumpfes Geräusch«, fährt der dritte fort. »Mein Herz fing an zu rasen. Ich habe unsere

Schneemobile angeschaut, aber bei keinem lief der Motor. Um uns herum war nichts, was ein Geräusch hätte machen können!«

»Ah! Seht nur dort! Am Himmel!«, schreit Max.

Die vier Männer drehen den Kopf in die Richtung, in die Max zeigt, und sind verblüfft. Im selben Augenblick kommen die drei Freunde von Pien nacheinander aus dem Chalet und beklagen sich über die Stimmen und den Motorenlärm der Besucher.

Pien dreht sich zu ihnen und sieht, wie sie ihrerseits erstarren, den Blick starr auf das Phänomen vor ihnen gerichtet.

Blaue Lichtschimmer steigen auf. Man kann nicht sehen, woher sie kommen, aber man sieht sehr gut, dass sie zu den funkelnden Sternen hinaufstreben. Sie berühren nicht einmal den zugefrorenen See vor ihnen und auch nicht die schneebedeckten Hügel und ihre schattigen Bäume. Ihre ruhige Langsamkeit wirkt hypnotisierend, und man vergisst ganz die schneidende Kälte der Luft. Der Augenblick steht still. Es ist nach wie vor unklar, woraus sie bestehen. Knollen aus blauem Licht? Geister?

»Ich erinnere mich an diese Sinneswahrnehmung«, murmelt Max hingerissen.

Pien sieht, wie Max sich in Richtung der Lichter entfernt.

»Max …«

Piens Stimme dringt kaum durch. Er beobachtet noch immer die Bewegung der Lichtschimmer. Er hat das Gefühl, dass jeder in diese Lichter vernarrt ist. Was soll er tun? Dann verspürt er plötzlich so etwas wie einen Adrenalinstoß, keine Panik, eher so etwas wie den Drang loszurennen, um zu versuchen, die Sterne zu berühren.

Ohne zu überlegen, rennt er los. Seine Gefährten laufen ihm hinterher. Stumm. Man hört sie kaum außer Atem kommen. Nur Pien atmet immer heftiger. Er spürt, wie eine unerhörte Kraft seine Beine umhüllt und erfüllt. Und er rennt, wie er noch nie gerannt ist.

Ein durch seine Helligkeit besonders imposantes Licht, wohl so groß wie sein Kopf, hält in der Luft an, und Pien beschließt, es zu fangen, indem er mit einem Satz darauf zu springt.

In seinem Sprung, der seine verdutzten Freunde durch seine Höhe beeindruckt, hört Pien das Geräusch eines weiteren Motorschlittens. Die fünf anderen *napeut*[17] drehen sich um, um zu sehen, wer da ohne Vorwarnung kommt, und sie erkennen einen Polizisten der Gemeinde. Während alle sich nach dem Neuankömmling umdrehen, verfehlt Pien, schon wieder auf dem Weg nach unten, das blaue Licht, das aus der Nähe wie eine Luftmedusa aussieht, ohne Haut und ohne Körper. Dann spürt er wieder sein Gewicht und sieht, wie der Boden aus Eis und Schnee mit wahnsinniger Geschwindigkeit auf ihn zu kommt.

Pien durchbricht das Eis mit seinem ganzen Körper und findet sich unter Wasser wieder. Er blickt zu dem Loch hinauf, das er in die Oberfläche gebohrt hat, und sieht erneut die Lichter durch das Wasser und dann, größer plötzlich, die Sterne am Firmament.

»Ich erkenne diese Sinneswahrnehmung«, murmelt er zu sich selbst.

[17] Männer.

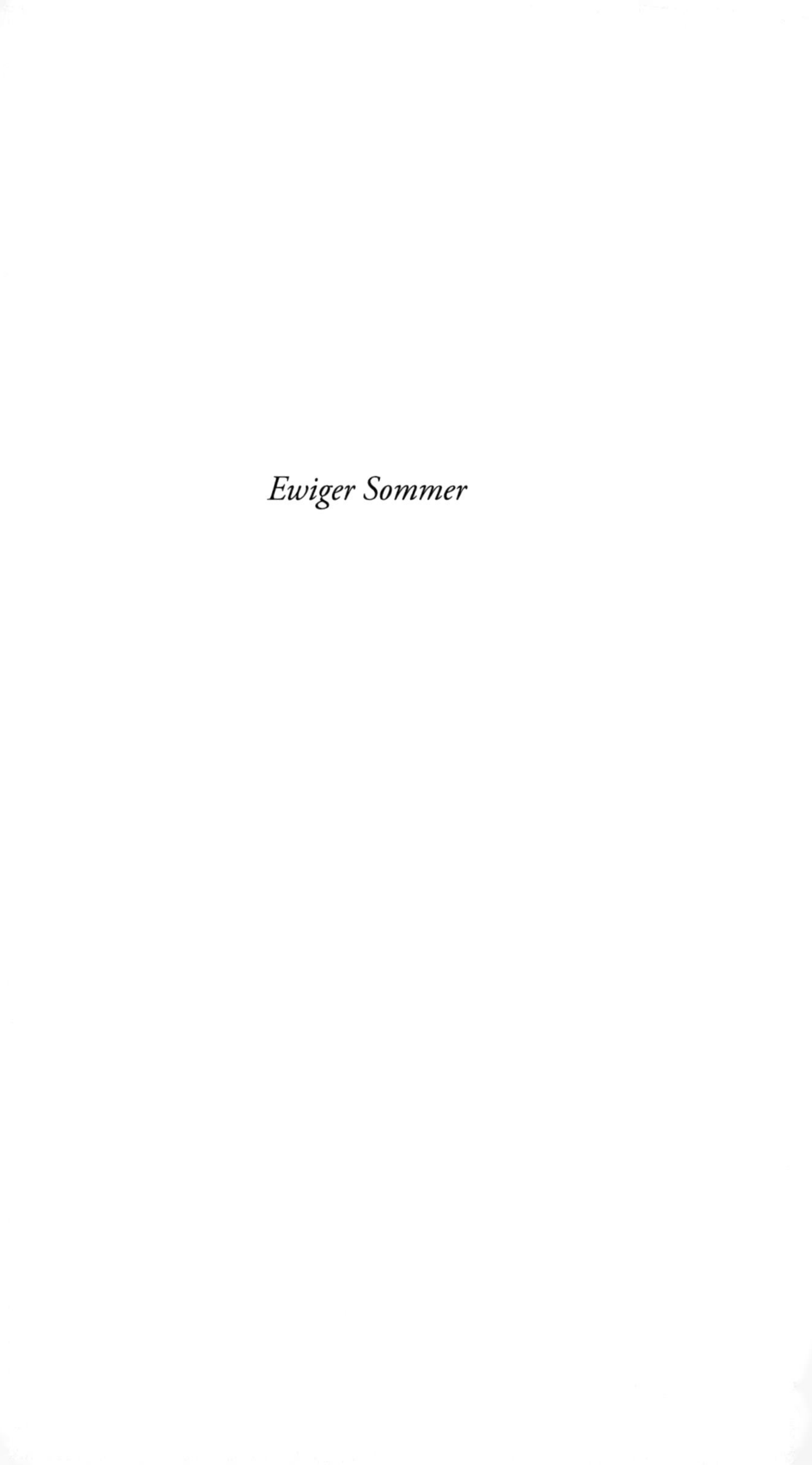

Ewiger Sommer

Am Fuß von Lē'ahi

Ich gehe auf diesem einsamen Weg den Diamand Head[18] hinunter. Ich grübele. Ich habe versucht, den Gipfel einer Seite des Kraters zu erreichen, aber mir ist schwindlig geworden. Es ist mir nicht gelungen, mich zu motivieren. Erst nach einer knappen Stunde bin ich umgekehrt. Es gab nur wenige Touristen. Aber die Autos bildeten trotzdem eine Schlange auf dem einzigen Asphalt, der zu der Touristenattraktion führt, und man musste warten. Ich will mir die Tage nicht vorstellen, an denen der Tourismus auf Hawaii auf Hochtouren läuft und der Ansturm seinen Höhepunkt erreicht.

Ich sehe vor mir einen weißen Mann, der kein T-Shirt trägt und dessen einzige Kopfbedeckung ein Kopftuch ist, aber nicht irgendeins: Trump 2020. Dieses Blau der amerikanischen Fahne und diese Sterne, die die Bundesstaaten repräsentieren, getränkt vom Schweiß dieses Mannes, der genauso schnell und in dieselbe Richtung geht wie ich. Wohin gehen wir? Wir sind im Januar 2021, nur wenige Tage nach dem Sturm auf das Kapitol. Es gibt Touristen, aber wir sind zu zweit auf der Flanke des Diamond Head und gehen in dieselbe Richtung.

Ich sehe mich wieder fast auf dem Gipfel des Diamond Head. Ich bedaure, dass ich meine Ängste nicht zu bezähmen vermochte, um bis ans Ende zu gehen. Wir mussten den steinigen Pfad mit einer Maske hinaufklettern, um unseren Mund zu bedecken, weil wir in der Nähe der anderen Besucher waren, das Atmen fiel daher schwer, denn in dieser Höhe ist der Sauerstoffgehalt der Luft geringer. Man

[18] Der Diamond Head ist ein riesiger Vulkankrater, der Honolulu überragt und dessen Name in der Sprache ›Olelo Hawai'i Le'ahi‹ lautet.

hatte mir gesagt, die beste Aussicht sei die auf den Ozean und dieser Aufstieg würde sich wirklich lohnen. Ich zog es vor, wieder hinunterzusteigen.

Während vor mir und zur selben Zeit wie ich ein Mann geht, dessen Überzeugungen mein Verderben und meinen Tod einschließen, bin ich hinter ihm, ohne dass er ahnt, dass ihm eine Autochthone in seinem Rhythmus folgt. In diesem unglaublichen Augenblick befinden wir uns auf derselben Höhe, steigen denselben Krater hinab, ich mit meinen traditionellen Tätowierungen, weil ich das Gedächtnis meines Volkes ehren wollte, er mit seinem letzten Sonnenbrand, der die nackte Haut seiner Schultern verbrannt hat.

Honolulu leuchtet in einer strahlenden Sonne und spricht allen Streitigkeiten und Hemmungen Hohn. Da und dort gibt es die Surfer, die Touristen, die Lokale; alle Hautfarben, die Erinnerung, das Wissen, der Diamond Head und genau dort der Grund, zu seinen Füßen. Zu Beginn dieses neuen Jahres betete ich in einer geheimen Zeremonie mit meinen Mitmenschen für das Scheinen der Sonne am ersten Morgen. Ich wünschte mir, dass ihr Licht meine letzten Schrammen auslöscht, dass ich wieder atmen kann. Sie befahl mir zu lernen, unter Wasser zu atmen. Aber wie?, hatte ich sie gefragt.

Ich habe es gemacht wie so viele andere, die von Hawaii geträumt haben und hergekommen sind, um einen Atem, einen Grund, ein Licht zu finden. Ich habe es gemacht wie so viele andere, aber vielleicht folge ich nur dem, was der Westen mir sagt? Was ich hier jedoch gefunden habe, ist eine Erweiterung meiner Familie, Kānako-Maoli-Brüder und -Schwestern. Ich habe ihre Kämpfe für den Schutz der Inseln gelernt und ihre Träume, dass die Fremden ihr Archipel verlassen. Heute gelobe ich, ihren Willen zu respektieren. Wenn ich Hawaii verlassen werde, werde ich nicht zrückkehren, wie ich gekommen bin, und beten, dass das alte Reich der hawaiianischen Ureinwohner eines Tages seine Dekolonisation im wörtlichsten Sinn erleben wird. Ich werde die Berge und den Ozean grüßen, bevor ich gehe.

Komm, lerne, in den riesigen Wellen zu schwimmen, und du wirst wissen, wie du leben, wie du schöpferisch sein, wie du dich wieder mit den Menschen verbinden kannst, flüsterte mir die Stimme der Meere zu. In diesem Berg dort sah ich einen Drachen, dessen Alter und Sprache ich nicht kannte. Er verlangte von mir, mich immer an seinen Vornamen zu erinnern, den er sagte, obwohl ich nicht gut hören konnte durch diese Winde, die an der Küste bliesen, und die Farben des Morgens in unseren Bäuchen machten nur das Geräusch des Wassers, das gegen die Felsen klatscht.

An den Ufern und auf dem Wasser überlappten sich zwei Welten.

In der Ferne auf dem Waikiki-Strand die Trump-2020-Flaggen. Es sind zehn.

Ich tauche kopfüber in den Ozean. Ich habe gelernt, in meinen Ängsten zu schwimmen, die meine Lungen schmerzen ließen, Druck auf meine Brust auslösten. Heute kenne ich die Bewegung der Wellen, die dreimal so groß sind wie ich.

Als ich den Kopf aus dem Wasser streckte, sah ich eine Riesenschildkröte, und mit einem einzigen Wimpernschlag ihrer Augen war ich ihre Schwester geworden.

Ein glänzendes Stück Erde bedeckte ihren Panzer.

»Hab keine Angst, kleine Schwester«, sang sie mir in ihrer Sprache. »Ich habe viele Völker und Geschichten gesehen. Was du tun musst, ist, dein Herz gesund zu halten, ganz nah am Wissen deiner Vorfahren.

Dann wirst du sehen, die Zeit wird schnell vergehen.

Man wird schnell zum Zyklus der Jahreszeiten zurückkehren.

Vor allem, wenn die Jahreszeiten alles stören werden auf ihrem Weg.«

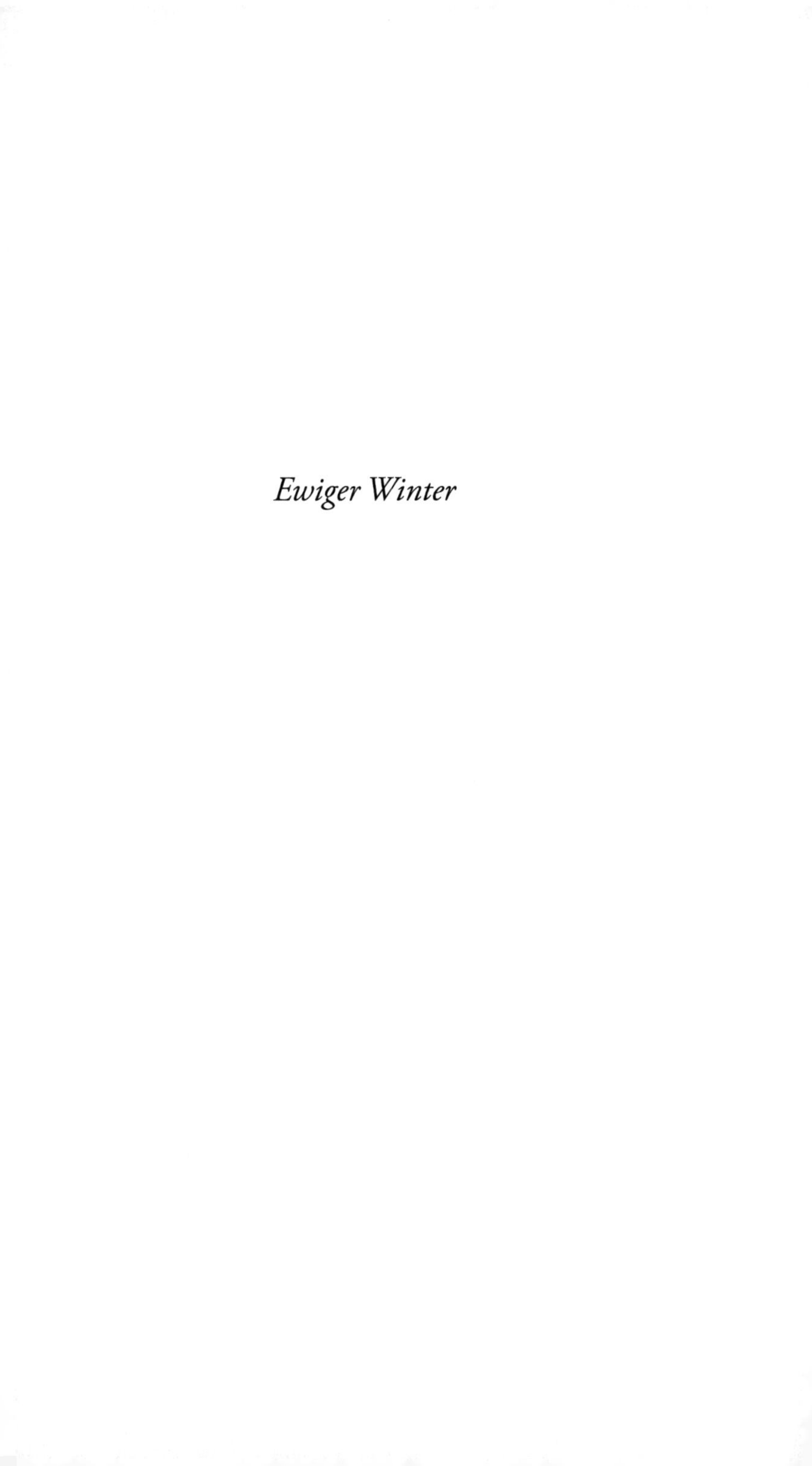

Ewiger Winter

Ich werde für dich jagen

Etwas hat mich blitzschnell von Nuuk mitten auf die Insel transportiert, an einen Ort, den ich nicht kannte, von dem ich jedoch wusste, dass die nächste Stadt Ilulissat war. In der Ferne, am schwarzen Horizont, sah ich nur ein paar orangefarbene Lichter des kleinen städtischen Nestes, wenn ich es so nennen konnte. In Wirklichkeit konnte ich nicht erkennen, wie Ilulissat wirklich aussah. Ich wusste auch nicht, wie weit ich entfernt war. Es schien mir sehr weit im Inneren des Landes zu liegen. Es war der Name, den ich in meinem Kopf hörte. Dann sah ich einen Mann, gekleidet in das traditionelle Gewand aus Tierfellen, in der weißen Ebene auftauchen. Es herrschte eisige Kälte. Es war Januar, ganz nah am Polarkreis. Ich hatte nicht all meine Kleidung mitgenommen, um mich vor der Kälte zu schützen. Ich konnte das Gesicht des Mannes nicht erkennen unter seiner Kapuze – wenn es ein Mann war. Er war als Jäger gekleidet. Und seine Kleidung war geschmückt mit roten und schwarzen Linien.

Ohne dass ein einziges Wort gesprochen wurde, erhielt ich den Auftrag, ein Karibu für ihn zu finden und ihm zu bringen. Er gab mir Kleidung aus Karibufellen. Ich begab mich schlagartig ans andere Ende der Ebene, ich schoss ein Karibu mit meinem Bogen und meinem Pfeil und kehrte sofort an den Ausgangspunkt zu ihm zurück. Ich legte ihm das Karibu zu Füßen.

»Geh und hol noch eins.«

Ich begriff, dass er das Tier zerteilen würde.

Ich machte mich abermals auf die Suche nach einem Karibu. Ich nahm einen anderen Weg und begab mich an einen anderen Ort. Ich schoss das zweite Karibu mit meinem Bogen und meinem zweiten Pfeil, und ich nahm es in meine Arme, um zurückzukehren und es neben den Jäger zu legen.

Er nahm es, um anschließend mit der Arbeit zu beginnen.

»Hol noch eins.«

Ohne mit der Wimper zu zucken, fügte ich mich seiner Anweisung. Ich fand ein Karibu am anderen Ende des Territoriums, schoss es mit meinem Bogen und meinem dritten Pfeil und kehrte sofort mit meiner Beute zurück. Der Jäger verlangte erneut ein weiteres Ren. Was sofort erledigt wurde, mit meinem Bogen und meinem vierten Pfeil. Dann noch eins. Augenblicklich ausgeführt, mit meinem Bogen und meinem fünften Pfeil. Anschließend bat er mich, keine Zeit zu verlieren. Ich vervielfachte meine Ortswechsel. Ich wurde immer schneller. Ich brachte jedes Mal ein Karibu mit. Immer wenn ich zurückkam, war kein Karibu bei ihm. Einen Augenblick lang machte ich mir Gedanken über die Anzahl von Karibus, die ich ihm lieferte, es war eine große Menge, und ich wusste nicht, wie viele Karibus es in diesem Land gab. Durch die Vielzahl der Ortswechsel bewegte ich mich jetzt mit der Geschwindigkeit eines Blitzes. Ich setzte meine Jagd fort. Mit Schallgeschwindigkeit. Ich war müde, aber ich war nicht erschöpft. Mir war nicht kalt! Und irgendwann hörte ich, dass dieser Mann mich bat, nicht zu gehen. In den folgenden Tagen sollte ich Grönland verlassen. Ich erwiderte ihm, dass ich nach Hause zurückkehren wollte, um mein Territorium wiederzusehen. Seit etwas mehr als einem Monat war ich auf dem Kontinent.

Ich erwachte für einen Augenblick aus meinem Traum, aber als ich die Lider wieder schloss, war ich wieder in ihm. Der Jäger legte sich in seiner Verwirrung neben mich und schlüpfte dann in meinen ganzen Körper. Ich konnte seine

Hände in meinen Händen spüren; seine Arme, seine Beine, seinen Oberkörper in meinen. Ich konnte seinen Mund in den Linien meines Mundes spüren, ebenso wie seine Nase, seine Augen, sein Haar. Zwischen Schlaf und Aufwachen begann ich laut zu beten, um ihn zu bitten zu gehen. Ich spürte den Schweiß überall auf meiner Haut. Ich nahm immer noch das Gewand aus Karibufell auf mir wahr und fühlte, dass die ganzen Wege, die ich zurückgelegt hatte, mich zum Schwitzen gebracht hatten. Als ich erneut die Augen öffnete und die Anspannung in meinem Körper spürte, begann ich mich so gut ich konnte zu wehren. Plötzlich wurde mit sehr kalt. Als ich versuchte aufzuwachen, sah ich, dass ich die Decke auf meinem Bett zurückgestoßen hatte, und zog sie wieder über mich. Ich hörte die tiefe Traurigkeit des Jägers in meinem Bauch. Tränen rannen aus meinen Augen. Ich sagte ihm, er solle sich keine Sorgen machen. Alles würde gut. Während weiterer langer Minuten wechselten in meinem starren Körper die Empfindungen zwischen eisiger Kälte und extremer Hitze.

Nachdem ich mich lange Minuten gewehrt hatte, schlief ich ein. Erschöpft von diesem Kampf.

Am nächsten Morgen versäumte ich meinen ersten Flug nach Kangerlussuaq, dem Halt vor Kopenhagen. Ich wachte spät auf und hatte Fieber.

Kaum fünf Minuten später war mein COVID-Test positiv.

Danksagungen

Dank an Charles, an Ivanie, an Sabryna. An Alexandre für seine Begeisterung. An Marie-Ève dafür, dass sie dieses Projekt begleitet hat. An Kiki für unsere Gespräche in HL und in LA. An Sara O. und deinen Gefährten für eure Gastfreundschaft, die mir die Gelegenheit gegeben hat, diesen letzten Traum in Nuuk zu haben. An Laurie! Meine Gespräche mit Ivanie fanden statt, nachdem ich diese Texte geschrieben hatte, haben aber dennoch so viele Dinge bestätigt. An Caroline für deinen Blick.

All das fand parallel zu der interdisziplinären Co-Creation mit Ivanie Aubin-Malo statt, ein vom Conseil des arts du Canada unterstütztes Projekt. Unsere seit drei Jahren geteilten Recherchen und Entdeckungen haben mich dazu gebracht, diese Erzählungen, die meine Vorstellungswelt bevölkerten, zwischen zwei kleinen Sprüngen auf die Felsen am Ufer des Flusses in Islet auf dem Wolastokuk zu schreiben.

Ich danke dem Maison d'écrivains De pure fiction in Frankreich, das mir unter anderem erlaubt hat, diese Sammlung von Erzählungen zu beenden. Isabelle, ich werde nie vergessen, wie du mich empfangen hast. Im Übrigen verdanke ich es auch Amaury. Danke Amaury!

An den Conseil des arts et des lettres du Québec, der mich beim Schreiben dieses Manuskripts finanziell unterstützt hat.

An alle Personen, die aus der Nähe oder Ferne durch ein Gespräch meine Überlegungen, meine Recherchen, meine Entscheidungen genährt haben.

Tshinashkumitinau nutam etashiek.

Bibliothek Québec

Drava Verlag

Denis Ellis Béchard, Natasha Kanapé Fontaine
Kuei, ich grüße dich
Ein Gespräch über Rassismus, 2021

Yara-El Ghadban
Ich bin Ariel Scharon, 2024

Natasha Kanapé Fontaine
Kanatuut, 2024

Wieser Verlag

Michel Jean (Hrsg.)
Amun, 2020

Michel Jean
Kukum, 2021

Michel Jean
Atuk – Sie und wir, 2022

Michel Jean
Maikan – Der Wind spricht noch davon, 2022

Michel Jean (Hrsg.)
Wapke, 2023

Michel Jean
Tiohtiá:ke, 2023

Michel Jean,
Qimmik, 2024

Virginia Pésémapéo Bordeleau
Der Liebhaber vom See, 2024

www.drava.at